O INVASOR

MARÇAL AQUINO

O INVASOR

NOVELA

MÁ COMPANHIA

Grafia atualizada segundo o Acordo Ortográfico da Língua Portuguesa de 1990, que entrou em vigor no Brasil em 2009.

Capa
Retina_78

Foto de capa
© Bruno Veiga

Preparação
Isabel Jorge Cury

Revisão
Luciane Helena Gomide
Carmen S. da Costa

Os personagens e as situações desta obra são reais apenas no universo da ficção; não se referem a pessoas e fatos concretos, e sobre eles não emitem opinião.

Dados Internacionais de Catalogação na Publicação (CIP)
(Câmara Brasileira do Livro, SP, Brasil)

Aquino, Marçal
O invasor: novela / Marçal Aquino. — São Paulo : Companhia das Letras, 2011.

ISBN 978-85-359-1804-5

1. Romance brasileiro I. Título.

11-00206 CDD-869.93

Índice para catálogo sistemático:
1. Ficção : Literatura brasileira 869.93

[2011]

EDITORA SCHWARCZ LTDA.
Rua Bandeira Paulista 702 cj. 32
04532-002 — São Paulo — SP
Telefone (11) 3707-3500
Fax (11) 3707-3501
www.companhiadasletras.com.br

Em memória de Mauro Mateus dos Santos, o Sabotage (1973-2003)

Para chegar aonde deseja na vida,
um homem sempre acaba fazendo
mais inimigos do que amigos.

Provérbio montanhês

1

Mesmo seguindo as indicações de Anísio, demoramos um bocado para encontrar o bar, numa rua estreita e escura da Zona Leste. Um lugar medonho.

Estacionei perto do que parecia ser uma fábrica abandonada, um galpão enorme e cinzento, com as paredes pichadas e vitrôs com vidros quebrados. Alaor continuou imóvel, segurando a pasta no colo. Tínhamos trocado meia dúzia de frases, se tanto, no trajeto até ali.

Ficamos algum tempo sentados no carro, olhando a luz amarelada que saía da porta do bar.

Vamos lá, eu disse, tirando a chave do contato e abrindo a porta.

Alaor se mexeu com lentidão. Ele tinha sugerido que Anísio fosse nos encontrar na construtora, mas não topei. Achei arriscado: não queria que ninguém nos visse juntos. Então ali estávamos, naquele lugar sem nenhuma vocação para cartão-postal.

Fechei o carro, acionei o alarme e caminhamos até o bar, do outro lado da rua. Havia algo de melancólico no calçamento pintado de verde e amarelo, uma lembrança desbotada dos dias de jogos da Seleção na Copa. Era uma noite abafada e, apesar da distância, dava para ouvir o tráfego pesado da Radial Leste.

Merecemos uma rápida avaliação dos dois sujeitos que bebiam cerveja debruçados no balcão, conversando com o velho que devia ser o dono do bar. Os quatro homens que jogavam bilhar também nos olharam por um instante, e depois retomaram a conversa. O rádio sobre o balcão chiava um programa de músicas antigas.

Anísio estava sentado a uma mesa de fórmica num dos cantos, perto do banheiro, e acenou para nós, indicando as cadeiras vazias.

Quem é quem?, ele perguntou, enquanto apertava a minha mão.

Eu sou Ivan, e ele é o Alaor.

Alaor sentou-se e colocou a pasta no chão, sob a mesa. Eu e ele ficamos de costas para a porta do bar e isso me incomodou. Sempre gostei de ver o que acontece ao meu redor em bares, ainda mais num daqueles.

O velho veio até a mesa e perguntou o que iríamos beber. Pedi uma cerveja e, quando Alaor falou que queria água, Anísio e o velho riram.

Tem não, o velho disse. Água aqui só de torneira.

Meio sem jeito, Alaor apontou o copo com um líquido escuro que estava à frente de Anísio e perguntou o que era.

Rabo de galo, o velho explicou. Aqui a gente chama de traçado. Pinga com Cinzano.

Pode trazer um pra mim, Alaor pediu, e me olhou com cara de quem tinha feito uma grande coisa.

Enquanto o velho pegava as bebidas, Anísio perguntou a Alaor se tinha sido difícil achar o lugar. Aproveitei para observá-lo.

Era um homem atarracado, de braços fortes e mãos grandes. Tinha a pele bem morena, olhos verdes e usava o cabelo crespo penteado para trás. Uma dessas misturas que o Nordeste brasileiro produz com certa frequência. Ao contrário do que eu imaginava, ele não parecia ameaçador — embora houvesse dureza em seu jeito de olhar.

No momento em que o velho voltou com as bebidas, Anísio estava falando da preocupação que tivera quando conversou pelo telefone, marcando o encontro. Naquela conversa, ele havia se descrito em detalhes, para que pudéssemos identificá-lo no bar. Uma coisa desnecessária, segundo ele.

Quando vocês entraram, nem precisei olhar duas vezes. Estava na cara que eram os dois bacanas que eu estava esperando.

Mas você podia ter se enganado, eu comentei, provando a cerveja.

Nunca, Anísio ficou sério. Eu nunca erro. Sei olhar para uma pessoa e dizer direitinho quem é ela e o que faz na vida. Tem a ver com o meu trabalho. Além do mais, vocês têm cara de gente do bem.

Como é que é isso?, Alaor perguntou.

Anísio esperou que o velho retornasse ao balcão e baixou a voz.

Dá só uma olhada no povo deste lugar: tudo cara fodido, de pele manchada, cabelo ruim, faltando dente, unha preta. Qualquer um é capaz de dizer que vocês não são daqui. Se eu der a mão para o sujeito então, sou capaz até de falar se ele já trabalhou no pesado algum dia. Não tem erro.

Anísio acendeu um cigarro e olhou para Alaor.

Você, por exemplo, nunca precisou pegar no batente. Dá pra ver isso pela sua mão. Lisinha, lisinha.

Achei aquilo divertido e gostei de Anísio. Alaor olhou para a palma das mãos e riu.

Eu e Alaor tínhamos nos conhecido na Escola Politécnica e, naquela época, ele ainda era sustentado pelo pai. Só começou a trabalhar quando abrimos a construtora. Se bem que supervisionar serviço de peão nunca foi trabalho pesado.

Seu caso é um pouco diferente, Anísio voltou-se para mim. Você já trampou, mas faz muito tempo, não é isso?

Era. Quando meu pai morreu, eu tinha quinze anos. E, de repente, precisei ir à luta. Ajudei a sustentar minha casa e paguei meus estudos — e tenho orgulho disso.

Dá pra ver que agora você está só no bem-bom, Anísio disse e apontou minha barriga.

Atrás de mim, os homens que estavam jogando bilhar iniciaram uma discussão por causa de uma jogada. Aquilo me deixou alerta, mas tive dificuldade para me virar na cadeira e acompanhar o bate-boca. Anísio tocou no meu braço.

Pode ficar tranquilo, não vai acontecer nada. Você acha que alguém é besta de começar uma briga com um taco de *snooker* na mão? Conheço eles. Isso aí é só frescura.

Ele terminou sua bebida e fez sinal para o velho, pedindo outra. Alaor, que tinha feito cara feia nos primeiros goles, agora tomava aquilo como se fosse refresco. Fiquei preocupado: ele não prestava para beber e, naquele ritmo, em pouco tempo estaria falando mole e dando risada à toa.

Anísio jogou o cigarro quase inteiro no chão e esmagou-o com o pé. E então nos encarou.

Bom, acho que vocês querem falar de negócios, não é?

Esperei que Alaor entrasse no assunto, mas ele se limitou a ficar de cabeça baixa, rodando o copo entre as mãos, o olho no tampo de fórmica da mesa. Aquilo me irritou. Afinal, a ideia fora dele.

E então: qual é o assunto?, Anísio insistiu com suavidade.

Alaor continuou imóvel. Cutuquei sua perna por baixo da mesa e ele me olhou assustado, como se não soubesse o que estava fazendo naquele bar. Tínhamos discutido muito antes de decidir. E, quando concluímos que aquela era a única solução, coube a Alaor procurar um amigo que tinha ligações no submundo. Norberto. E agora, na hora de encaminhar o negócio, parecia que ele estava amarelando.

Antes que Anísio se impacientasse — ou achasse que estávamos com alguma molecagem —, entrei no assunto.

O negócio é o seguinte: estamos com um problema na nossa empresa e achamos que você pode nos ajudar.

Que tipo de problema?

Temos um outro sócio, o Estevão, que está com a gente na construtora desde o começo, há mais de vinte anos. Tudo sempre correu muito bem. Só que agora ele... Como é que eu vou dizer? Ele...

Ele está fodendo a gente, Alaor falou, como se quisesse mostrar que era mais objetivo do que eu.

Ele tá roubando vocês?, Anísio me olhou nos olhos.

Não, não é isso, eu disse, e Alaor me interrompeu outra vez.

O que acontece é que estamos tendo algumas divergências com ele, entende?

E por que vocês não afastam ele?, Anísio perguntou.

Aí é que está o problema, Alaor disse e virou seu drinque.

Esperei que ele continuasse falando, porém Alaor apenas limpou os lábios com o dorso da mão e me olhou.

Estevão é o sócio majoritário, o que tem dinheiro, expliquei.

Anísio sorriu.

É ele que manda em vocês, é isso?

Também não é assim, Alaor reagiu, tocando o braço de Anísio com uma intimidade que me assustou. Mas no fim das contas é ele quem decide as coisas por lá...

Sempre foi assim, eu falei. Quando saímos da faculdade, Estevão usou o dinheiro da família para abrir a construtora. Como éramos muito amigos, ele nos deu uma parte na sociedade e nós entramos com o trabalho.

E agora esse arranjo não está servindo mais, Anísio acenou para o velho, mostrando o copo vazio de Alaor.

Vamos dizer que estamos tendo problemas na hora de decidir o que é bom para a empresa, eu falei.

Alaor balançou a cabeça, concordando.

Anísio ficou quieto, como se estivesse pensando, enquanto esperava que o velho trouxesse outro rabo de galo para Alaor. Continuei falando:

O Estevão não aceita nosso ponto de vista e agora está ameaçando desfazer a sociedade. Ele quer comprar a nossa parte para acabar com os problemas.

E isso não é bom para vocês?, Anísio tirou um cigarro do maço e ficou batendo-o na mesa.

Não, eu disse. Dei o sangue naquela empresa e, se sair agora, recebo uma mixaria.

A gente vai ficar chupando o dedo, Alaor disse.

Tive a impressão de que ele começava a ficar bêbado.

Por que vocês não compram a parte dele?

Não temos dinheiro, Anísio. Mas o Estevão tem — e de sobra — pra comprar a nossa parte e nos dar um pé na bunda.

Aí eu tive a ideia de falar com o Norberto e ele indicou você para nos ajudar, Alaor explicou, mencionando seu amigo que fizera os contatos.

E o que vocês querem fazer?, Anísio acendeu o cigarro e ficou olhando o palito de fósforo queimar.

Estranhei a pergunta. Sempre pensei que esses caras fossem mais diretos.

Olhei para Alaor: ele estava de cabeça baixa outra vez. Encarei Anísio.

O que você sugere?

Bom, eu posso dar um susto nesse sócio de vocês.

Não é isso que nós queremos, eu disse.

Anísio deu uma tragada no cigarro e deixou que a fumaça saísse pelas narinas.

Vocês querem tirar o homem do caminho, é isso?

É isso, eu senti o suor escorrendo das minhas axilas.

O.k. Eu posso fazer isso pra vocês, sem problema.

O Norberto falou que você resolveria, Alaor comentou, dando a impressão de que tinha alguma coisa sob a língua.

Eu nunca deixo na mão os clientes que ele manda, Anísio disse.

E quanto isso vai nos custar?, perguntei, notando que a minha cerveja havia terminado.

Depende. Esse Estevão anda com guarda-costas, essas coisas?

Que nada. Ele é tranquilo, igual a nós. Vai ser moleza, você vai ver. Alaor, de repente, pareceu ficar excitado.

Você acha?, Anísio perguntou, olhando-o de forma direta. Nunca é moleza. Se fosse, vocês não tinham vindo me procurar.

O sorriso sumiu do rosto de Alaor.

Quanto você quer para fazer o serviço?, eu perguntei, tentando amenizar o clima na mesa.

Vinte mil. Metade agora e metade depois.

Considerei a possibilidade de discutir aquele preço, mas desisti ao notar a maneira como Anísio me encarava. A pasta sob a mesa continha dez mil.

Tá bom, eu disse, e percebi que Alaor fazia uma careta. E quando é que você cuida disso?

Não sei, Anísio disse. Eu preciso estudar o cara primeiro, saber tudo sobre ele. É assim que eu trabalho.

Quanto tempo leva isso?, Alaor quis saber, e sua voz soou engraçada.

Varia muito. Às vezes duas semanas, às vezes um mês. Outras vezes um pouco mais.

Não dá pra ser mais rápido?, eu perguntei.

Dá, só que é mais complicado. E aí eu cobro o dobro, Anísio tragou e atirou mais um cigarro quase inteiro no chão.

Taxa de urgência?, Alaor riu de um jeito nervoso.

Puta que pariu, eu pensei, não tínhamos esse dinheiro disponível. Mas não comentei nada.

Nesse caso, quanto tempo leva?, Alaor perguntou.

Aí é mais rápido, Anísio disse, olhando para Alaor e depois para mim, como se estivesse estudando nossas reações.

Eu sabia que, àquela altura, não dava mais para recuar. Então, quando Alaor perguntou, O que você acha, Ivan?, eu apenas balancei a cabeça, concordando.

Anísio ficou satisfeito com a decisão. E quis saber se havíamos trazido uma fotografia de Estevão. Alaor pegou a pasta, abriu o zíper e mostrou uma foto em que aparecíamos os três na empresa, diante da maquete de um condomínio que tínhamos lançado. Anísio pegou a foto para examiná-la, Alaor colocou o dedo sobre Estevão:

O Estevão é este aqui, o de barba. Não vá se enganar e matar um de nós, hein?

A brincadeira deixou Anísio contrariado. Alaor percebeu e retirou o dedo, como se tivesse levado uma picada.

Escreve o endereço dele num papel, Anísio pediu.

Enquanto anotava, tentei imaginar qual seria sua reação ao descobrir que iríamos deixar com ele apenas uma parte do pagamento.

E como é que vocês querem que eu faça?, Anísio perguntou ao receber o papel com o endereço de Estevão.

Na hora, não entendi direito a pergunta.

Ora, queremos que você resolva o caso o mais rápido possível e pronto, eu disse.

Anísio olhou para a fotografia por um instante.

Eu posso fazer ele sofrer antes de morrer...

Aquela dureza que eu havia detectado antes reapareceu em seus olhos. Alaor me surpreendeu:

Hum, gostei. E como é que você está pensando em fazer isso?

Tem vários jeitos, Anísio disse. Uma vez um figurão me contratou para dar um jeito no camarada que estava comendo a mulher dele e pediu que eu maltratasse bastante o cara.

E o que você fez?, Alaor se interessou.

Primeiro, eu amarrei o cara bem amarradinho. Depois, arranquei as unhas do pé dele e furei os dois olhos.

De repente, fiquei com uma vontade incontrolável de sair dali. Quando arrotei, senti que a cerveja que tinha bebido voltava amarga do estômago para minha garganta. Olhei para a cara de Alaor, e ele parecia estar sentindo prazer em ouvir aquele relato.

Olha, Anísio, o que interessa é que você tire o Estevão do nosso caminho, eu disse, fazendo força para não vomitar ali mesmo. Como você vai fazer é problema seu.

Ah, não, Alaor interveio. Estamos pagando caro e eu quero que o filho da puta sofra.

Aquilo me chocou. Pessoalmente, não conseguia sentir raiva de Estevão. Ele estava me atrapalhando e eu queria tirá-lo da frente, só isso. Mas Alaor parecia estar se vingando de algo que eu desconhecia.

Antes de matar o cara, eu posso contar pra ele quem fez a encomenda. O que vocês acham?

Gostei, Alaor falava como um bêbado. Pena que a gente não vai poder ver a cara dele nessa hora, não é, Ivan?

Anísio disse que podíamos ficar tranquilos, era só aguardar.

Eu fiquei em silêncio, de estômago revirado, dentes apertando o horror que sentia. Pensei em dizer a ele que mudara de ideia e queria cancelar tudo. Mas olhei para Alaor e vi que era impossível: nosso navio já estava muito longe do porto.

Tem um probleminha, Alaor colocou a pasta sobre a mesa. Só tem dez mil aqui dentro. Mas você pode ficar sossegado: a gente paga o restante assim que você fizer o trabalho.

Anísio pegou a pasta, puxou o zíper e conferiu o conteúdo. Parecia ter ficado aborrecido. Eu e Alaor trocamos um rápido olhar.

Olha, normalmente eu não aceitaria esse tipo de coisa. Mas gostei de vocês. E, além do mais, foi o Norberto quem indicou e eu confio em quem ele confia. Vou aceitar isto aqui como um sinal. Espero que vocês não estejam pensando em me dar um calote.

Que é isso, Anísio?, Alaor se mexeu na cadeira. A gente vai pagar direitinho.

Tenho certeza de que vão, Anísio colocou a pasta no colo. Vocês querem mais bebida?

Eu agradeci e disse que era hora de irmos embora. Anísio pôs a mão sobre o braço de Alaor quando ele pegou a carteira para pagar a conta:

Pode deixar comigo.

Antes de sairmos, Anísio fez uma série de recomendações sobre como deveríamos nos comportar na construtora nos próximos dias. E lembrou que não podíamos comentar o assunto com ninguém, nem mesmo com nossas mulheres.

Ao me levantar, depois de apertar a mão de Anísio, notei que os quatro homens haviam interrompido o jogo e agora bebiam cerveja sentados sobre a mesa de bilhar. Tive a sensação de que me olharam demoradamente quando passei, como se quisessem registrar minhas feições. Paranoia, pensei, pura paranoia. Mas isso não me tranquilizou.

2

Quando entramos na Radial Leste, rumo ao centro, Alaor esfregava as mãos, satisfeito:

Mais uns dias e o nosso tormento acaba. Acho que isso merece uma comemoração.

E se esse cara sumir com a nossa grana e não fizer nada do que foi combinado?

Porra, Ivan, larga de ser pessimista. O homem é um profissional, você não viu? E depois foi o Norberto que indicou, não tem erro. O Anísio é quente.

O tráfego no sentido do bairro ainda era intenso. Pessoas voltavam para casa alardeando sua impaciência a buzinadas.

Não temos garantia nenhuma.

O que você queria? Que ele desse um recibo pra gente? Essa é boa. Já pensou? "Recebi a quantia de dez paus como adiantamento pela eliminação do senhor Estevão Araújo", Alaor riu de sua piada. Essas coisas não funcionam assim, Ivan. Temos que confiar no cara.

Paramos num sinal e uma velha desgrenhada se aproximou, tentando vender chocolates. Acionei os vidros, verifiquei a trava das portas.

Você vai conseguir dormir tranquilo sabendo que deve uma

puta grana pra um sujeito que tem o costume de furar os olhos dos outros?, olhei de relance para a mulher — ela falava algo que não podíamos ouvir e parecia zangada.

Credo, Alaor disse.

Credo, mas bem que você gostou da história. Achei que você ia gozar escutando aquelas barbaridades.

Como você é ingênuo, Ivan. Aquilo foi só jogo de cena. O Anísio queria impressionar a gente, mostrar que é fodão. Ele até pode ter matado o cara, mas duvido que tenha feito aquilo tudo. Eu só cumpri a minha parte: fingi que acreditava pra ele ficar contente.

E você já pensou em como vamos arranjar o resto do dinheiro?

Não vamos esquentar com isso agora.

O ruído da velha batendo no vidro começou a me deixar inquieto. Evitei olhar para ela e fiquei torcendo para o sinal não demorar.

Sem o Estevão pra encher o saco, vamos enjoar de ganhar dinheiro. Vai ser moleza manobrar a Silvana, Alaor disse, referindo-se à mulher de Estevão. Ela não entende porra nenhuma de negócios e nunca se interessou pela construtora, só quer saber de gastar a grana do Estevão. A gente agora vai decolar, você vai ver.

Arranquei assim que o sinal abriu e pude ver, pelo retrovisor, que a mulher permaneceu falando e gesticulando, como se estivesse nos rogando uma praga.

Dirigi em silêncio até a 23 de Maio. Quando ia perguntar se Alaor queria voltar à construtora, para pegar seu carro, ou se preferia que eu o levasse direto para casa, ele se antecipou:

Vamos festejar, Ivan. Conheço um lugar ótimo pra isso.

Eu estou a fim de ir pra casa.

Ah, para com isso. Eu estou feliz demais para ir pra casa. Daqui a pouco a gente tá livre do Estevão. Vamos cair na farra.

Eu também deveria estar feliz. Mas não conseguia. Estava me sentindo sujo, cansado, doente. Tentava racionalizar, lembrando que Estevão nos colocara contra a parede por causa do negócio de Brasília. Não havia saída: ele ia nos jogar para fora da empresa se não fizéssemos nada. Era ele ou nós. Aquilo que estávamos fazendo era autodefesa. Mas esse tipo de pensamento não servia para me alegrar. Olhei para Alaor, que batucava eufórico no painel do carro, falando de um endereço onde iríamos nos divertir muito, e invejei-o.

Estacionei o carro numa rua deserta de Pinheiros, em frente a um conjunto de sobrados geminados.

É aqui, Alaor informou, apontando uma das casas. Você vai se divertir pra valer.

O que é que tem aí?

Você já vai ver. *Funny girls*, meu velho. Como você nunca viu antes, eu garanto.

Passava um pouco das onze e as folhas das árvores na rua estavam imóveis na noite abafada. Enquanto eu fechava o carro, Alaor abriu o portão do sobrado, atravessou um pequeno jardim e tocou a campainha. Quando o segui, a porta estava entreaberta e ele conversava com uma mulher, como se fossem velhos conhecidos.

Ele me apresentou a mulher, que abriu a porta para entrarmos. A sala era ampla e cheirava a perfume e cigarro. Sentadas em sofás e poltronas, várias garotas conversavam, bebiam e ouviam música. Era difícil saber a idade delas, mas eram todas meninas ainda. Menores, provavelmente. Alaor estava olhando para mim:

Gostou? Alto nível, meu chapa. Achou que eu ia convidar você se não fosse só material de primeira?

A mulher que abrira a porta colocou um copo de uísque na minha mão e perguntou se era aquilo mesmo que eu queria beber. Depois de pegar seu copo, Alaor sentou-se entre duas garotas e cumprimentou-as com um beijo no rosto. Eu continuava parado no meio da sala. Alaor me olhou:

Vamos lá, Ivan, senão as meninas vão achar que você está com algum problema. Esqueça um pouco os negócios. É hora de diversão.

Um gordo de rosto avermelhado e cabelos compridos desceu a escada nesse momento. Atrás dele, andando com dificuldade por causa dos sapatos de salto alto, vinha uma menina vestida com uma minissaia de couro preto e com o rosto carregado de maquiagem. Não devia ter mais de quinze anos. Ao passar por mim, o homem me olhou e eu fiquei com a impressão de que o conhecia de algum lugar. Alaor levantou-se com as duas garotas:

Hoje vou fazer um negócio que sempre quis fazer, ele anunciou, e as duas riram. Eu mereço, não é, Ivan?

Eu estava me sentindo ridículo parado no meio daquela sala, segurando o copo de uísque. Vi que o gordo estava de mãos dadas com a menina de minissaia e conversava com a mulher que abrira a porta para nós. Eu disse a Alaor que ia embora. Ele ficou indignado:

Larga de ser chato, caralho. Trago você para um lugar maravilhoso desses e, em vez de aproveitar, você fica aí parado feito um poste?

Estou cansado, Alaor, eu procurava um lugar para me livrar do copo.

Espera aí que eu vou mostrar como é que se resolve esse seu cansaço. Vem cá, Mirna.

Ao ouvir seu nome, uma menina loira levantou-se do sofá e se aproximou. Era mais baixa do que eu e usava uma calça vermelha justa e uma camiseta branca sem mangas.

Cuida do meu amigo aqui, Mirna, Alaor bateu no meu ombro. Mostra pra ele aquele seu tratamento para estresse. Ele está precisando.

Não vai dar, eu preciso ir embora.

Alaor tirou o copo da minha mão.

Puta que pariu, Ivan. Mirna, leva ele lá pra cima. Relaxa, Ivan, você ainda vai me agradecer por isso.

Alaor voltou a abraçar as duas garotas e começou a subir a escada, aos tropeções. Olhei para Mirna e notei que seu sorriso produzia duas covinhas em seu rosto. Quando o trio chegou ao topo da escada, ela me puxou pela mão e também subimos.

O quarto tinha um cheiro agradável, adocicado, gravuras eróticas japonesas numa das paredes e um grande espelho em outra. A cama de casal ficava num canto e, do lado oposto, uma porta conduzia ao banheiro. Sobre uma cômoda, uma pequena caixa de som tocava música francesa em volume baixo. Antes que Mirna fechasse a porta, ainda pude ouvir Alaor dizendo "É hoje" e, em seguida, seu riso alto. Ele e as duas meninas tinham entrado no quarto ao lado.

Só um minutinho, Mirna disse e atravessou o quarto na direção do banheiro. Um corpo bonito andando de um jeito gracioso.

Sentei-me na cama e tentei entender o que dizia a cantora, mas, naquele instante, sua voz era praticamente um sussurro. A tensão doía em meus ombros.

Mirna deixou a porta do banheiro aberta e vi que ela precisou movimentar os quadris para baixar a calça justa. Depois, desceu até os joelhos a calcinha branca que estava usando e sentou-se no vaso. Então percebeu que eu a olhava e sorriu. Não pude deixar de ouvir o barulho de seu jato de urina. Achei aquilo curioso. Cecília nunca deixava a porta aberta quando usava o banheiro. Estávamos casados havia mais de quinze anos e eu não conhecia o ruído que minha mulher produzia ao urinar.

Mirna acionou a descarga e depois voltou para o quarto, sem se dar ao trabalho de abotoar a calça, que parecia incomodá-la. Eu continuava sentado na cama.

O que você quer fazer?, ela se aproximou do espelho e mexeu no cabelo, admirando-se.

Quantos anos você tem? Quinze?

Ela se virou e ficou parada à minha frente.

Quem me dera, Mirna riu. Bem que eu gostaria...

Mas você não tem muito mais do que isso, fala a verdade.

Que bom que você acha isso. Mas eu já fiz vinte anos.

Aquela conversa parecia aborrecê-la.

Vamos falar de coisas agradáveis. Você quer que eu tire a roupa?

E antes que eu dissesse qualquer coisa, Mirna repetiu os movimentos de quadris para livrar-se da calça apertada.

Quero mostrar uma coisa pra você, ela disse, enquanto tirava a camiseta num movimento rápido.

Quando Mirna despiu a calcinha, pude ver uma pequena tatuagem colorida, que se misturava aos pelos aloirados de seu púbis, ficando semioculta. Um dragão.

Meu pai tinha um símbolo tatuado no ombro esquerdo, um círculo, no interior do qual havia uma serpente enrolada numa espécie de punhal. Uma coisa sinistra. Mas eu só descobri isso quando fui ajudar meu tio a banhá-lo, no dia em que ele se matou. Foi então que me toquei que, até aquele dia, nunca tinha visto meu pai sem camisa. Mesmo quando viajávamos para a praia, nas férias, ele permanecia o tempo inteiro de camiseta, dizendo que não gostava de pegar sol. Semanas depois de sua morte, perguntei à minha mãe sobre aquela tatuagem. O assunto pareceu perturbá-la e ela desconversou, como se aquele símbolo estivesse ligado ao seu suicídio.

E aí, não gostou do meu dragão?

Mirna estava tão próxima que eu podia sentir o perfume discreto de seu corpo.

É bonito, eu disse. Tão bonito quanto a dona dele.

Mirna sorriu e as covinhas surgiram em seu rosto mais uma vez. Ela olhou para o seu corpo no espelho e ficou satisfeita com o que viu. Seus seios pequenos e o púbis depilado quase por completo aumentavam a sensação de que eu estava diante de uma adolescente entrando na puberdade.

O que você quer que eu faça?, ela perguntou.

Lembrar de meu pai naquele momento serviu para me deixar deprimido. Pensei em me levantar e sair dali, mas Mirna agiu antes: colocando as mãos em meus ombros, ela me empurrou com delicadeza e fez com que eu me deitasse.

Quer ver como eu adivinho do que você gosta?

Sentada sobre a minha cintura, Mirna se inclinou, abriu minha camisa e lambeu meu mamilo esquerdo. Por alguma razão, sua língua estava gelada e aquilo provocou um tremor em meu corpo. Era o efeito que ela esperava, pois passou a usar a língua com mais vigor, enquanto me acariciava com as duas mãos. Eu continuava tenso. Só relaxei quando ela desceu seu corpo para desabotoar meu cinto e puxar minha calça, sem deixar de me lamber.

No momento em que sua língua chegou à minha virilha, toquei-a pela primeira vez. Segurando-a pelos cabelos, tentei guiar sua boca. Mirna levantou a cabeça e me olhou, afastando as minhas mãos com suavidade, como se estivesse me dizendo que sabia o que tinha de fazer. Então fechei os olhos.

Foi rápido e dolorido. Quando abri os olhos, achei absurda a posição dos amantes na gravura japonesa na parede ao lado da cama. Mirna ainda movimentava a boca e me arranhava o peito, provocando-me os últimos espasmos. Visto no espelho à minha frente, seu corpo curvado deixava expostas as zonas escuras de seu ânus e de sua boceta.

Toquei seus cabelos, dessa vez num misto de carícia e agradecimento. Mirna ergueu a cabeça e sorriu. Depois levantou-se, passou o dorso da mão nos lábios e foi para o banheiro.

Eu me sentei na cama e fiquei olhando para minha imagem no espelho. Havia no meu rosto e no resto do meu corpo algo entre o melancólico e o ridículo — camisa aberta, calças arriadas sobre os sapatos e semiereto. Só então vi a camisinha, com sua ponta flácida, que havia sido colocada sem que eu percebesse. Removi-a, ergui a calça e fui até o banheiro. Mirna estava enxugando o rosto em frente ao espelho. Ela me olhou quando joguei o preservativo no lixo.

O que você faz?

Sou engenheiro.

Ah, igual ao Alaor, ela disse, enquanto ajeitava os cabelos com as mãos.

Ele é meu sócio, eu fechei o cinto e deixei a camisa aberta.

E é legal?

O que é legal? Ser engenheiro ou ser sócio do Alaor?

Mirna riu com suas covinhas:

Ora, as duas coisas.

Eu disse a ela que ser engenheiro tinha bons e maus momentos, como qualquer outra profissão. Quando falei de Alaor, explicando que o conhecia havia muito tempo, não pude deixar de me lembrar de Estevão — e também de Anísio. E senti um grande cansaço.

Mirna segurou minha mão e me conduziu até a cama outra vez, deitando-se ao meu lado depois de apagar a luz. Seu corpo era quente e macio. Enquanto falava, ela ficou alisando meu peito suado.

Eu estou no cursinho, mas ainda não resolvi pra que vou prestar vestibular.

Então você é estudante?

Hum, hum. Sabe como é: isto aqui não dura para sempre e eu tenho um filho pra criar.

Você tem um filho?

Mirna confirmou com um movimento de cabeça e, pegando minha mão, puxou-a para o meio de suas coxas. Meus dedos tocaram uma linha em relevo entre os pelos ralos.

Sentiu? É a cicatriz da cesariana. Foi por isso que eu fiz a tatuagem do dragão aí, para esconder a marca. Você tem filhos?

Não, minha mulher não pode ter.

Chato, né?

Às vezes é, eu disse. Que idade tem seu filho?

Vai fazer três anos. Ele mora com a minha mãe em São Sebastião. Eu sou de lá.

Uma vez construímos um condomínio em São Sebastião e passei uma temporada lá, como engenheiro responsável pela obra.

Legal, eu disse.

Sabe que eu até pensei em fazer engenharia? Mas todo mundo vive dizendo que não dá futuro, que já tem engenheiro demais por aí.

Eu pensei outra vez em Estevão e tive vontade de dizer a ela que, em breve, o mercado iria abrir uma vaga. Mas preferi falar que ela estava certa, o mercado andava saturado de engenheiros.

Mirna continuou falando sobre os prós e contras das profissões que poderia escolher, mas deixei de prestar atenção, sentindo um torpor agradável me dominando. Até que apaguei.

Acordei sobressaltado, com a sensação de terem me içado de modo brusco de um pântano. A boca amarga. E a ameaça de um sonho ruim não se dissipou quando abri os olhos. Continuou me oprimindo, pairando no quarto que, naquele momento, tinha o aspecto de uma paisagem lunar, por causa da luz azulada que entrava pelas frestas da janela. Eu não cochilara por alguns minutos, como pensei. O dia estava clareando.

Mirna havia adormecido com o braço sobre o meu peito. E resmungou quando a empurrei para me levantar e ir ao banheiro.

Lavei o rosto e, no momento em que peguei a toalha para enxugá-lo, recuperei o sonho que tinha me assustado. Nele, meu pai aflito me pedia ajuda para livrar-se de sua tatuagem. Ele estava sem camisa, mas eu me recusava a olhar para aquele símbolo, cobrindo os olhos com as mãos. Meu pai gritava comigo e puxava meus braços, me obrigando a olhar. Estevão também estava no sonho e dizia que eu não precisava me preocupar, ele conhecia um homem que poderia resolver aquele problema. Embora o homem não aparecesse no sonho, eu sabia que se tratava de Anísio. Então Estevão me entregava um alicate e ordenava que eu arrancasse a tatuagem da pele de meu pai. Eu protestava, mas Estevão insistia aos berros, dizendo que era preciso fazer aquilo. Meu pai, submisso e de cabeça baixa, apenas repetia: "É preciso, meu filho".

Devo ter acordado nesse momento, pois não consegui me lembrar do desfecho daquele sonho tenebroso. Joguei mais água no rosto, tentando afastar de vez o torpor que ainda sentia. Molhei os cabelos e usei as mãos para penteá-los da melhor maneira que pude.

Mirna dormia encolhida, com uma das mãos abrigada entre as coxas. O outro braço estava esticado sobre a cama. A respiração suave e o rosto sereno indicavam que, naquele instante, seu sonho era de natureza bem diferente do meu. Ela tatuara o dragão para ocultar uma cicatriz. Que história maligna meu pai escondia com sua tatuagem?, eu me perguntei. Deixei-a dormindo e saí do quarto.

Ainda na escada, pude ouvir a voz e o riso de Alaor. Ele estava sentado no sofá, contando uma de suas histórias para a mulher que nos recebera na casa.

Olha só quem está aí, Alaor disse quando cheguei ao fim da escada. Espero que a Mirna ainda esteja viva.

Uma das garotas que entraram com ele no quarto estava sentada no chão, com as costas apoiadas nas pernas dele. Havia um carrinho metálico com chá e bolachas perto do sofá.

Ela está dormindo, eu disse.

Alaor consultou o relógio e riu.

Não sabia que você estava atrasado desse jeito. Vejam só como ele está suado.

A mulher e a garota sorriram e eu resolvi não explicar que molhara os cabelos. Para quê?

Sirva um chá para ele, Cássia, a mulher tocou o ombro da garota aos pés de Alaor.

Obrigado, mas estou de saída, eu disse, olhando para Alaor.

Por que essa pressa, Ivan?, ele disse. Relaxa, porra. Ou a Mirna não foi suficiente?

Alaor riu mais uma vez, porém permaneci sério. Sentei-me na poltrona e a garota me entregou uma xícara e depois me serviu chá de um bule prateado. Ela era muito bonita e seus cabelos bem curtos faziam com que parecesse ainda mais nova do que realmente era.

Alaor me ignorou por alguns segundos e retomou a história que estava contando para as duas. Era sobre alguém que ele conhecia, que tinha sofrido um enfarte fulminante.

O cara caiu duro na rua, assim, de repente. *Quarenta e três anos!* Aí acabou a pressa, os compromissos, as contas, os aborrecimentos com os filhos, as brigas com a mulher, acabou tudo. E olha que ele tinha feito um check-up completo uma semana antes.

Isso é assim mesmo, a mulher comentou, colocando sua xícara de volta no carrinho. Só que nunca achamos que essas coisas vão acontecer com a gente.

É verdade, Alaor disse e olhou para mim. Sabe, Ivan, na nossa idade, não demora muito e a única emoção que vai nos restar será o exame de próstata.

Riram.

Conferi as horas: seis e quinze da manhã. Dava para ouvir os pássaros cantando na rua. Eu me levantei e avisei que ia para casa. Alaor também se levantou e disse que, embora contra sua vontade, era obrigado a me acompanhar:

Hoje é um dia decisivo pra nós.

A óbvia menção ao que iria acontecer e o jeito de sorrir de Alaor me incomodaram. Senti uma pontada no estômago. E me lembrei de que não comia nada havia mais de doze horas.

Alaor estava beijando a mulher no rosto quando eu perguntei como fazia para acertar minha conta. Ambos me olharam como se eu tivesse dito algo fora de propósito.

Você não tem nada para acertar, ela disse. Nunca cobramos dos convidados dele.

Olhei para Alaor — ele estava se despedindo da garota. A mulher segurou meu braço:

Espero que você tenha gostado da Mirna. E que volte mais vezes aqui.

Eu continuava olhando para Alaor, sem entender direito o que estava acontecendo.

No carro, ele permaneceu calado, com o princípio de um sorriso nos lábios.

Estou esperando uma explicação, eu disse, enquanto subíamos a Rebouças.

Como assim?

Ele franziu a testa, como se não fizesse ideia do que eu estava falando.

"Os convidados do Alaor nunca pagam aqui", eu disse, em falsete, imitando a fala da mulher.

Prestígio, meu velho, prestígio.

Prestígio o cacete. Você é um velho frequentador daquele puteiro, é isso?

Puteiro, não. Diga *casa de ninfetas*, é mais correto. Aliás, a melhor de São Paulo. Ou você não gostou da menina?

Balancei a cabeça, desanimado. O tráfego em direção à Paulista já estava complicado àquela hora.

Fala a verdade: a Mirna não é uma ameaça ao casamento de qualquer um?

Alaor deu um tapa em meu ombro. Pensei em Cecília. Nada podia colocar em risco nosso casamento. Coisas mortas são imunes a ameaças.

Me diga uma coisa, Alaor: você vai sempre lá?

Foi a vez de Alaor balançar a cabeça.

Ivan, Ivan, como você demora pra sacar as coisas. Eu *tenho* de ir lá com frequência. Sabe como é: a gente não pode descuidar dos negócios.

Encarei-o. O filho da puta estava sorrindo:

Sou um dos sócios daquela casa.

Foi a minha vez de rir. Inacreditável.

Puta que pariu, eu disse. Quer dizer que agora você é dono de uma casa de mulheres? Como é que você nunca comentou nada?

Pra que comentar? Você sabe: tem coisas que não contamos nem pra nossa mãe, não é assim? O Norberto me ofereceu sociedade nesse negócio e eu topei. Que que tem de errado? Aliás, qualquer dia vou te apresentar o Norberto. Você vai gostar dele. Gente boa.

Entrei no acesso para a Paulista. O sol anunciava mais um dia de muito calor. Eu não me conformava com o que estava ouvindo.

Essa é boa: meu sócio é dono de um puteiro e eu nunca desconfiei de nada. É de foder.

Diversificação de negócios, meu caro. É a onda do momento.

Porra, Alaor, imagine o escândalo se alguém descobre uma merda dessas. Isso dá cadeia.

Estávamos parados num sinal. O sorriso cínico sumiu do rosto de Alaor. Ele segurou em meu braço e, quando falou, o tom de sua voz tinha mudado:

O que vamos fazer com o Estevão também dá cadeia, Ivan. Qual é o problema? Não pense que você não está sujando as mãos só porque é o Anísio que vai fazer o serviço. Dá na mesma, meu velho. Bem-vindo ao lado podre da vida.

O sinal abriu e voltou a fechar sem que as fileiras de carros se movessem. Eu estava me sentindo zonzo. Fraqueza. Mas sabia que, se comesse algo naquele momento, acabaria vomitando em seguida.

E se eu não topasse o negócio quando você falou comigo? Você iria até o fim do mesmo jeito?

Você tem alguma dúvida?

E se eu resolvesse atrapalhar?

Alaor me olhou de um jeito que eu nunca tinha visto antes.

Acho melhor não pensar nisso agora, Ivan.

Fiquei quieto, olhando para o rosto daquele homem ao meu lado, como se o estivesse vendo pela primeira vez. Ali estava meu sócio Alaor, o inofensivo Alaor, meu amigo desde os tempos de faculdade, a quem eu pensava que conhecia bem. Ele havia percebido meu espanto e parecia estar achando aquilo tudo muito divertido.

Nisso, a buzina estridente do carro que estava atrás do meu rompeu o transe: a fila de veículos à minha frente tinha se deslocado alguns metros e eu continuava parado.

Isto aqui vai demorar muito, Ivan. Faz o seguinte: dá uma paradinha ali na frente que eu vou pegar o metrô. Tenho umas coisinhas pra resolver antes de ir pra construtora.

Estacionei na esquina, junto ao meio-fio. Alaor estava se livrando do cinto de segurança quando fiz a pergunta:

O que mais falta eu descobrir a seu respeito, hein?

Que eu tenho pau pequeno.

Alaor dobrou-se de tanto rir e, quando me olhou, seus olhos estavam cheios de lágrimas.

Depois que ele saiu do carro, ainda fiquei algum tempo parado, olhando-o se afastar em direção à estação de metrô. Alaor ainda ria. Ria tanto que chamava a atenção das pessoas com quem cruzava.

Um homem grisalho, de terno escuro, carregando uma maleta, postou-se ao lado do carro e me olhou, enquanto aguardava o sinal de pedestres abrir. Parecia um executivo, um pacato pai de família, desses que chegam em casa à noite, depois do trabalho, e afagam as crianças e o cachorro antes de sentar-se ao lado da esposa na sala, a tempo de acompanhar um pedaço do telejornal. Retribuí o olhar e o homem disfarçou, fingindo consultar o relógio.

Talvez não fosse nada disso. Ele podia muito bem ser um rufião na via-crúcis das boates, recolhendo a féria da noite. Um jogador compulsivo que acabara de perder — ou ganhar — tudo nos carteados da madrugada. Ou mesmo um homem atormentado, com pai doente, mulher insatisfeita, filho rebelde e prestação do apartamento atrasada, tentando manter as boas maneiras até mesmo na hora de saltar no abismo. Era difícil saber.

O sinal de pedestres abriu e ele me olhou uma última vez, antes de atravessar a Paulista, desviando-se das pessoas que caminhavam apressadas em sentido contrário. Cada um com suas tatuagens e suas histórias para contar ou esconder.

Em casa, tomei um banho rápido, mas já estava suando de novo antes de sair do banheiro. Cecília ainda dormia, deitada de bruços, com o rosto contraído e a boca aberta. Parecia indefesa, acuada por alguma ameaça contra a qual nada podia fazer. A camisola que ela vestia estava levantada e pude ver que sua calcinha saíra do lugar, deixando exposta a carne branca de suas nádegas.

Eu tinha me casado com ela dois anos depois de associar-me a Estevão e Alaor na construtora. Foi um tempo feliz, hoje eu sei. Havia a certeza de que todos os nossos planos dariam certo, era só uma questão de tempo. Mas não foi assim.

Uma histerectomia pôs fim ao sonho de Cecília ser mãe. E, a partir daí, alguma coisa se rompeu entre nós. Ela pareceu ter perdido o viço, a força que me atraíra quando a conheci. Tornou-se uma mulher frágil e se contentou com o papel de coadjuvante, sem direito a muitas falas, na farsa que passamos a encenar.

Às vezes ainda trepávamos — é impróprio dizer que fazíamos amor.

Houve um momento em que eu e Cecília percebemos que nossa relação estava morta. Mas nenhum de nós reagiu. Há certos cadáveres que, por razões que ignoramos, não se decompõem. E não havendo mau cheiro que incomode os vizinhos, não há necessidade de chamar o IML.

Eu me vesti e, antes de sair do quarto, olhei mais uma vez para o corpo seminu de Cecília. E, para minha surpresa, tive uma ereção. Uma ereção inesperada, estranha, inútil. Porque, naquele instante, eu não sentia nenhum desejo. Nem sono nem fome. Só medo.

3

Começam a aparecer na barba de Estevão os primeiros fios brancos. Nos cabelos, eles já são a maioria e dão um tom acinzentado à sua cabeça, um prateado sujo. Uma vez ele me contou que, no começo, quando os cabelos brancos surgiam, tinha o trabalho de arrancá-los, um a um, com uma pinça. Depois desistiu, conformando-se com a derrota para uma herança genética — seu pai, ele me disse, já era completamente grisalho antes dos quarenta.

Estevão está sentado à minha frente, folheando sem muito interesse uma revista de arquitetura e decoração, enquanto eu reviso os cálculos de um projeto. Várias vezes ele levanta os olhos da revista e me observa, dissimulado. Percebo isso sem precisar desviar a atenção do que estou fazendo, sem necessidade de olhá-lo de modo direto. Estevão quer me falar alguma coisa. Mas espera, faz rodeios. Bem ao seu estilo.

Anísio vai matá-lo. Talvez aguarde escondido no estacionamento, no começo da noite, e pule sobre ele de repente e o esfaqueie. Não. Anísio seria visto pelo vigia ao entrar no estacionamento.

Estevão me olha mais uma vez e tira o porta-cigarrilhas de metal e o isqueiro do bolso da camisa. Pega uma cigarrilha marrom e passa-a diante do nariz.

Talvez Anísio espere por ele à noite, próximo à sua casa. E avance para o carro no momento em que Estevão acionar o portão eletrônico da garagem. E aproveite o intervalo que o portão demora até erguer-se por completo para atirar uma, duas, três vezes, não dando a Estevão tempo de compreender sequer o que está ocorrendo ou de ver o rosto de quem está atirando. Não também: Alaor pediu, e Anísio, antes de atirar, terá de dizer a Estevão a mando de quem está fazendo aquilo.

Estevão acende a cigarrilha, uma das dez que fuma todos os dias, devolve o isqueiro ao bolso da camisa e sopra no ar da minha sala uma rajada de fumaça azulada. Dez cigarrilhas por dia. Nem mais nem menos. Ele me disse que já aconteceu de, num dia tenso, ter fumado as dez cigarrilhas antes do final da tarde. Nesse dia, embora tenha sentido vontade, resistiu e não acendeu a décima primeira. Um homem metódico. Capaz de usar uma pinça para arrancar os cabelos brancos que iam surgindo.

Anísio pode simular uma batida e uma discussão no trânsito para matá-lo. Não. Muito complicado, fuga difícil, testemunhas aos montes. Não, não será assim.

Termino os cálculos, mas permaneço olhando os papéis à minha frente, mordiscando de leve o metal da lapiseira, como se tivesse detectado alguma incorreção. Conheço Estevão, ele quer me dizer alguma coisa. Faz rodeios. Eu espero. Ele fuma.

Estevão desconhece que seus cabelos e sua barba não chegarão a ficar grisalhos por completo, como aconteceu com seu pai.

Pode ser que Anísio simule um assalto na rua, um sequestro-relâmpago, desses em que o assaltante obriga a vítima a uma romaria pelos caixas eletrônicos, antes de matá-la.

Pode ser.

O certo é que Anísio terá de agir rápido, sem tempo de estudar o comportamento de seu alvo para escolher a ocasião mais adequada para o ataque. Ele não terá tempo de saber que, como todo sujeito metódico, Estevão aprecia movimentos rotineiros. Toda noite de terça, por exemplo, sai direto da construtora para um jogo de futebol com amigos, num clube dos Jardins. Às quartas, invariavelmente, Estevão janta na casa dos pais. Quinta-feira, sem falhas, é dia de sauna — já o acompanhei uma vez e, para minha surpresa, era sauna no duro, sem mulheres. Só executivos enfumaçados e suarentos e conversas sobre escândalos políticos ou sobre as medidas econômicas do governo. Um comportamento previsível. Mas isso não será útil para Anísio.

Quero dizer pra você que lamento muito o que está acontecendo.

Pronto, Estevão começa a falar. Eu levanto os olhos, mantendo a lapiseira na boca, e espero. Anísio pode colocar uma bomba sob o carro de Estevão. Não, bomba é coisa de filme americano. No Brasil, isso não acontece.

Acima de tudo, somos amigos, ele diz, olhando a fumaça que se desprende da cigarrilha. Sei que há muito tempo você e o Alaor estão insatisfeitos com o dinheiro que conseguem tirar aqui. Sei também que os dois trabalham pra caralho e esta empresa deve muito a vocês. Mas eu não posso concordar com o que vocês estão propondo, você entende?

Não o interrompo, apenas acompanho sua fala com o olhar fixo. Anísio pode levá-lo para um daqueles galpões abandonados que vi e arrancar suas unhas, furar seus olhos, putz.

Eu nunca quis negócios com o governo, você sabe disso. Tem sempre alguma falcatrua no meio, pode ver. Você entra na concorrência de alguma obra pública e já sabe de antemão qual é a empresa que vai levar. Então é só pagar a propina para o cara certo antes da concorrência e depois continuar pagando pra conseguir a liberação das verbas. Não dá outra. Eu nunca quis isso, Ivan. Se outras empreiteiras topam, tudo bem, não é problema meu.

Estevão se exalta, dá um trago curto na cigarrilha e olha para minha mesa, procurando um lugar para bater a cinza. Empurro o cinzeiro para mais perto dele. Quando Anísio vai agir? Hoje ainda? Amanhã?

Não sei se você sabe, Ivan, mas já recebi propostas de gente ligada ao governo para entrar nessa. Mas eu nunca quis meter a nossa empresa nesse tipo de coisa. Pra quê? É só uma questão de tempo pra estourar um desses escândalos e aí a bomba explode na nossa mão. Eu não quero ver a construtora aparecendo nos jornais e na tevê desse jeito. Já pensou? Meu pai morre do coração se uma porra dessas acontece.

Estevão descende de uma família de barões do café do interior paulista. Seu avô dá nome a uma rua arborizada do Pacaembu. Seu pai, um jurista renomado, é autor de vários livros usados nos cursos de direito. Gente de linhagem aristocrática. É possível que o próprio Estevão vire nome de rua depois que Anísio agir.

Entendeu agora por que eu fiquei tão puto quando você e o Alaor vieram com essa proposta do Rangel?

Estevão faz uma pausa e olha para a foto que decora a parede às minhas costas: um casal atravessando uma rua cheia de poças, que refletem um céu baixo e nublado. Cartier-Bresson, Paris.

O Rangel... Sabe que eu nem me lembrava mais desse cara?

Rangel foi nosso colega na Politécnica, e Estevão e ele não se largavam nesse tempo. Estavam juntos o tempo inteiro na faculdade e também em todas as festas e farras. Até que, no último ano, tiveram uma briga feia e se tornaram inimigos. Depois de formados, nunca mais ouvimos falar de Rangel.

O mais engraçado disso tudo é você e o Alaor pensarem que eu aceitaria um negócio desses, Estevão fala. Até parece que vocês não me conhecem; eu nunca ia topar.

Sabíamos disso, mas resolvemos tentar a sorte. Era uma oportunidade que ninguém recusaria: uma concorrência de cartas marcadas para uma série de obras públicas, com a garantia do próprio Rangel, que trabalhava para o Ministério. Havia muito dinheiro em jogo e eu e Alaor achamos que Estevão acabaria seduzido. Mas sua reação foi a pior possível.

Nossa insistência provocou um impasse e Estevão resolveu desfazer a sociedade.

No fundo, eu sei que isso é coisa do Alaor, Estevão olha para a cigarrilha e, antes de colocá-la nos lábios, muda de ideia e a esmaga no cinzeiro. Aposto que foi ele que contatou o Rangel, não foi assim?

Não foi. Mas olho para Estevão e balanço a cabeça, confirmando. Ele fica satisfeito.

Eu sabia que só podia ser coisa do Alaor. E depois ele fez a sua cabeça, não é?

Não é, mas eu digo que é — e Estevão sorri.

Na verdade, *eu* havia feito o contato com Rangel, durante um encontro casual na sala de embarque do Aeroporto de Congonhas. E se ele não tivesse me abordado, eu nem o teria identificado. Rangel está bem diferente do sujeito magrinho que conhecemos na Politécnica. Tanto que demorei para compreender por que o homem gordo e calvo que tomava café ao meu lado no balcão me olhava com insistência. Até que ele sorriu e perguntou se eu não me lembrava dele. Seu voo estava atrasado e aproveitamos para conversar sobre os velhos tempos. Quando falei que tinha uma construtora em sociedade com Estevão e Alaor, Rangel contou que trabalhava para o governo e disse que tinha algo que talvez nos interessasse. Dez dias depois desse encontro, almocei com ele em Brasília para conhecer os detalhes de sua proposta. Só então falei com Alaor, que topou na hora.

Eu tinha certeza de que uma hora esse porra do Alaor ia nos causar problemas, Estevão diz e olha outra vez para a foto na parede. Você sabia que ele tem outros negócios paralelos?

Digo que não — e faço a melhor cara de surpresa possível.

Descobri isso por acaso outro dia. O filho da puta mexe com prostituição, dá pra acreditar numa coisa dessas? O Alaor é cafetão nas horas vagas...

Estevão volta a exaltar-se e eu mantenho o ar de espanto no rosto. Louco de vontade de rir.

Vá saber se ele também não mexe com drogas. Essas merdas andam sempre juntas, não é?

Digo que é.

Sabe que a gente pode se foder qualquer hora por causa disso?

Falo que um sócio não é responsável por aquilo que outro faz fora da empresa. Estevão balança a cabeça.

Não seja ingênuo, Ivan. Pense no escândalo para a empresa se alguém descobre esse negócio.

Isso é verdade, eu digo.

Estevão fica em silêncio por alguns segundos e sua respiração torna-se ruidosa.

Mas sabe que essa merda desse negócio com o Rangel veio em boa hora? É a minha chance de resolver meu problema com o Alaor. Você sabe que eu posso comprar a parte dos sócios minoritários na hora em que quiser.

Citando uma cláusula do contrato social da construtora, Estevão está apenas repetindo o que já disse quando eu e Alaor apresentamos a proposta de Rangel.

Eu vou comprar a parte do Alaor, ele diz. Faz tempo que essa história está me enchendo o saco e agora vou resolver isso de uma vez por todas.

Olho para Estevão, esperando que ele diga que vai comprar também a minha parte, como fez durante a discussão que tivemos. Permanecemos algum tempo em silêncio, um olhando para a cara do outro, como dois boxeadores se estudando. Então ele me surpreende.

Bom, tenho uma proposta pra te fazer, diz, passando a mão pelos cabelos. Vou comprar a parte do Alaor, mas você pode ficar na sociedade se quiser, e eu aumento sua participação. Daí a gente esquece essa história do Rangel, faz de conta que nunca aconteceu.

Estevão avalia minha reação. Ergo as sobrancelhas de novo, só que agora meu espanto é real.

Não precisa me responder agora, Estevão se levanta e coloca a revista que segurava sobre a mesa. Pense no assunto e depois a gente conversa, o.k.?

Nesse momento, o telefone toca e Márcia, nossa secretária, avisa que o dr. Rangel, de Brasília, está na linha. Estevão fica parado, me encarando, como se tivesse captado alguma coisa no ar.

Alô, digo.

E aí, Ivan, por que vocês ainda não mandaram as propostas como combinamos? Caralho, olha o prazo.

É, eu sei, eu sei, eu falo.

Estevão continua me olhando, de braços cruzados.

Eu já deveria ter recebido os envelopes com a qualificação técnica e a proposta financeira de vocês, pô. Que que há? Vocês não querem ganhar dinheiro?

Não é isso. É que..., eu gaguejo e evito olhar para Estevão, mas sei que ele ainda me observa. Anísio vai matá-lo.

Porra, então para de enrolar e manda logo a papelada. Esse negócio tem que estar aqui até sexta-feira. Senão, babau, vocês ficam de fora da concorrência e eu não vou poder fazer nada, entendeu?

Entendi, digo.

Anísio vai matar Estevão, que continua parado à frente da minha mesa, com ar de quem está se divertindo com meu embaraço.

Armei tudo direitinho pra vocês. Não vão pisar na bola que vocês fodem o meu esquema, hein?

Pode deixar, eu olho para o rosto de Estevão e vejo que ele está sorrindo. Anísio vai acabar com esse sorriso a tiros.

Olha lá, hein?, sexta-feira, Rangel diz antes de desligar.

Demoro a recolocar o fone no gancho, tentando imaginar como Anísio vai agir. Estevão parou de sorrir e agora há em seu rosto uma sombra de preocupação.

Era o Rangel, não era?

Era, digo.

Eu sabia. Deu para sentir o cheiro de merda, Estevão descruza os braços e suspira. Bom, minha proposta está feita. Você escolhe o que é melhor pra você. Pensa nisso e depois me fala, tá bom?

4

Alaor estava de costas, no centro do canteiro de obras, em meio a feixes de ferro, retalhos de madeira, montes de areia e tijolos espalhados pelo terreno escavado, como se acompanhasse uma autópsia topográfica. Vestia a mesma roupa do dia anterior.

Ele conversava com o encarregado da obra, um sujeito de cabelos escorridos e barriga saliente. Havia um rapaz sem camisa esfregando sabão nos braços diante de um tambor enferrujado cheio de água, a poucos metros dos dois. Foi o primeiro a me ver e levantou a mão num cumprimento rápido. Alaor indicava um ponto no fundo do terreno e dizia alguma coisa ao encarregado. Andei com dificuldade pelo solo irregular e ambos se voltaram ao mesmo tempo, atraídos pelo ruído que produzi ao pisar numa pedra e escorregar.

Opa, cuidado aí, doutor, disse o encarregado.

Alaor se divertiu com meus passos desajeitados. Parecia estar torcendo por uma queda. Quando consegui me aproximar, seu sorriso tinha um quê de frustração.

Preciso falar com você, eu disse.

Problemas?

Olhei para o encarregado, que passava os dedos pelo bigode — na verdade, uma penugem que dava ao seu rosto um aspecto juvenil. Alaor compreendeu que eu não queria conversar perto do homem.

Só um segundinho. Eu já estou terminando aqui com o Cícero.

Eu me afastei dos dois, caminhando com cuidado — sabia que Alaor e Cícero me observavam —, e parei próximo ao tapume que fechava a entrada da obra. O rapaz sem camisa tinha jogado água no tórax e agora assobiava, enquanto passava o sabão nas axilas. Naquele momento não havia mais sol, porém o calor seguia firme.

O nome Araújo & Associados estava escrito em vermelho numa placa de metal acima do tapume, as letras maiúsculas desalinhadas, compondo o logotipo da construtora: a fachada estilizada de duas casas, num efeito rebuscado. Logo abaixo vinham os nomes de Alaor, Estevão e o meu. Engenheiros responsáveis.

A divisão de tarefas na empresa, decidida logo que nos associamos, sempre me incomodara. Estevão, no papel de dono, definia quais projetos seriam tocados, cuidando do acerto de todos os detalhes e dos valores com os clientes. Alaor era o homem de campo, quem tocava as obras in loco e cuidava da contratação e administração do pessoal que trabalhava em cada construção. O empreiteiro. A mim restavam as tarefas de detalhamento e cálculo dos projetos. Um burocrata.

Sempre que me queixava da situação, Alaor argumentava que esse era o arranjo ideal, aproveitando para retomar um velho papo sobre a minha suposta falta de jeito no trato com as coisas práticas. "Imagine você lidando com a peãozada, Ivan", ele costumava dizer. "Eles iam te comer vivo. É gente bruta, meu caro, que só entende linguagem bruta. Você não tem estômago pra isso, pode acreditar." Era irritante. Parecia um pai, à beira de um campo de futebol, explicando ao filho com perna mecânica por que ele não podia jogar bola com os outros garotos.

Para piorar, nas raras ocasiões em que acompanhei obras de perto — quando Alaor estava em férias ou impedido —, tive problemas. Em São Sebastião, por exemplo, acabei me desentendendo com o encarregado, que não aceitava minhas orientações, e quase saímos no braço. Estevão tivera de viajar às pressas até lá a fim de acalmar os ânimos e impedir a paralisação dos trabalhos, já que os peões haviam tomado partido do encarregado. Eu sabia que andar aos escorregões pelos canteiros de obra não melhorava em nada minha imagem para Alaor.

Vi que ele tinha encerrado sua conversa com Cícero e caminhava até onde eu estava, pisando com firmeza no terreno. O encarregado se juntara ao rapaz ao lado do tambor de água e, depois de tirar a camisa, iniciou também suas abluções.

Alaor olhou para a placa à nossa frente e sacudiu a cabeça:

Lembra o rolo que deu quando tivemos que decidir a ordem em que os nossos nomes iam aparecer nas placas?

Isso foi uma bobagem do Estevão, eu disse.

Bobagem uma ova. Lembra direito, Ivan. Você também não queria que seu nome viesse em último lugar.

Era verdade. A confusão havia começado na hora de preparar a placa para o primeiro projeto da construtora. Estevão dizia que, por ser o sócio majoritário, seu nome deveria ser o primeiro entre os engenheiros responsáveis pela obra. Alaor, na condição de encarregado do acompanhamento, não queria o seu em último. Nem eu. Besteiras de recém-formados. A solução partira de Alaor, que, numa manobra esperta, sugeriu a colocação dos nomes em ordem alfabética. Por isso aparecia em primeiro. E eu em último. Estevão tinha se rendido ao critério, mas nunca havia se conformado.

Bons tempos em que a gente brigava por causa desse tipo de coisa, né?, Alaor disse, encostando-se no tapume. O melhor de tudo é que em breve o nome do Estevão não vai mais aparecer nas placas...

O nome do Estevão vai continuar aparecendo nas placas, Alaor.

Ele me estudou por um momento:

Ah, já sei: você vai fazer uma homenagem a ele, é isso? Não tenho nada contra. A gente pode continuar pondo o nome dele nas placas, seguido de um *in memoriam*. Taí, gostei.

Eu vim aqui pra te dizer que desisti do plano. O Estevão não vai morrer, porra.

Do que você está falando?, Alaor ficou sério.

É isso que você escutou. Eu quero cancelar o seu plano.

Meu plano? O plano é *nosso*, cara. E não vamos cancelar merda nenhuma.

O tom de sua voz se elevou e eu percebi que Cícero e o rapaz nos olharam.

Eu estava louco quando concordei com esse negócio, Alaor. Não dá.

Você é engraçado, Ivan. Até ontem à noite, quando fomos falar com o Anísio, estava tudo certo. Agora você vem me falar que não dá? O que aconteceu? Crise de consciência?

Não dá, Alaor. O que você está querendo fazer é uma puta loucura.

Ele tornou a levantar a voz:

Nem pense em tirar o corpo fora. Você está nessa comigo e vamos até o fim, tá me entendendo? Não dá mais pra desistir.

Tô fora. Não quero mais saber dessa merda.

Minha voz soou trêmula. Os dois empregados continuavam nos observando.

Ah, é? E você pensa que as coisas funcionam desse jeito? Mudou de ideia, cai fora numa boa, e pronto? Você está enganado, cara. Estamos juntos nisso, aconteça o que acontecer.

Alaor cuspiu no chão e a saliva desapareceu na hora, sugada pelo pó. Exceto pela voz alterada, ele parecia calmo, totalmente controlado. Alaor conversava sobre um assassinato como se discutisse com um cliente o melhor local para a instalação da lareira numa casa. E era isso que me assustava mais.

Ele olhou na direção do encarregado e do rapaz e os dois cochicharam qualquer coisa e voltaram a se lavar. Então me puxou pelo braço e me conduziu pela abertura do tapume e saímos à rua.

Sabe, Ivan, quando te vi chegando, achei que o Anísio já tinha feito o serviço e você vinha me trazer notícia boa.

Ficamos encostados em meu carro por um tempo, lado a lado, sem falar nada. Eu tinha cruzado os braços por não saber o que fazer com eles.

Nós vamos acabar na cadeia, eu disse, por fim.

Vamos nada, Alaor sorriu. É disso que você tem medo? Porra, larga de ser cagão. Vai dar tudo certo, você vai ver.

Uma mulata saiu da casa em frente, empurrando um carrinho de bebê, e atravessou a rua.

Eu não posso fazer isso, eu falei, e minha voz tremeu outra vez.

A mulata passou com o carrinho à nossa frente, caminhando devagar. O bebê tinha a pele bem clara, grandes olhos azuis e apenas um fiapo de cabelo loiro no alto da cabeça. Alaor se curvou e brincou com ele, movimentando os dedos à frente de seu rosto. A mulata sorriu, exibindo dentes enormes e muito brancos. Ficamos em silêncio, enquanto ela se afastava no mesmo passo lento.

Sem tirar os olhos do traseiro da mulher, Alaor disse:

Não adianta espernear, Ivan. É um pouco tarde para arrependimentos. Já pensou chegar agora para o Anísio e dizer que a gente desistiu e que, se ele quiser, pode até ficar com os dez mil que demos de sinal? Não gosto nem de pensar no que ele faria.

Podemos avisar a polícia...

Alaor riu, sacudindo os ombros.

Sabe que, às vezes, eu acho que você não bate bem da cabeça? Tá, vamos até a polícia, e falamos o quê? Que contratamos um assassino e agora mudamos de ideia? A gente iria em cana na hora.

Mas deve existir um jeito...

Existe, sim. Ficar bem quietinho e esperar. Não vai demorar, o Anísio ficou de agir depressa.

Vi que o encarregado tinha saído pela abertura do tapume. Cabelos penteados e vestindo uma camisa xadrez, ele ficou espiando a rua e alisando a penugem sobre o lábio superior. Um tique.

Conversei com o Estevão hoje de manhã, eu disse. Ele sabe do seu negócio com aquela casa de mulheres.

O rosto de Alaor se iluminou.

Eu sei que ele sabe. Mas aposto que ele não contou pra você como foi que descobriu.

Não, não contou.

Alaor riu.

Tá vendo como você é inocente, Ivan? O Estevão e os amigos dele vão até lá toda terça, depois do futebol. Não tem falha, é cliente preferencial da casa. Foi assim que ele descobriu. Aliás, não sei como ele não falou da Mirna pra você. É a garota predileta dele.

A mulata chegara ao final da quadra em seu passeio com o bebê e agora retornava.

Sei até o que o Estevão gosta de fazer com ela, Alaor disse.

Quando a mulata se aproximou do tapume, o encarregado endireitou os ombros e encarou-a. Tive a impressão de que ele fazia um grande esforço para encolher a barriga.

Ponha uma coisa na sua cabeça, Ivan: o Estevão não é flor que se cheire. Se puder, ele passa por cima de nós dois com um trator. É só uma questão de oportunidade, meu amigo.

Ao alcançar o tapume, a mulata ignorou o encarregado, como se ele não estivesse ali. Cícero parecia em transe, hipnotizado pelos movimentos da mulher. Ele passou a língua pelos lábios e, nesse momento, percebendo que eu o observava, sorriu sem jeito.

Alaor e a mulata trocaram um rápido olhar quando ela passou por nós, atravessando a rua.

É tudo uma questão de oportunidade, ele repetiu.

E ficou olhando mais uma vez para a mulher, até que ela chegou ao outro lado da rua.

Veja o Cícero, por exemplo, Alaor apontou o encarregado com um movimento de cabeça. Parece um sujeito inofensivo, não é? Mas você acha que ele está contente com o que tem?

Olhei para Cícero e notei que ele voltara a ocupar-se de seu bigode.

Ele é o encarregado da obra, tem poder, manda nos peões. Mas é claro que ele não está contente com isso. Ele quer mais, como todo mundo. E se tiver uma chance, vai aproveitar, você tem alguma dúvida?

Balancei a cabeça, desanimado.

O mundo é assim, meu caro, Alaor continuou. O Cícero até pode ter essa cara de sonso, mas, se precisar, ele vira bicho. Basta surgir uma boa oportunidade. Ele só te respeita porque sabe que você tem mais poder que ele. Mas é bom não facilitar com essa gente.

Naquele instante, o encarregado usava um pequeno canivete para limpar as unhas. O outro empregado também tinha saído pela abertura do tapume e estava parado ao seu lado. Vestia calça jeans e uma camiseta branca, estampada com o rosto de um candidato a deputado, e de vez em quando olhava em nossa direção.

No fundo, esse povo quer o seu carro, Ivan, Alaor disse. Querem o seu cargo, o seu dinheiro, as suas roupas. Querem comer a sua mulher, entendeu? É só surgir uma chance. É isso que nós vamos fazer com o Estevão: vamos aproveitar a nossa oportunidade antes que ele faça isso primeiro.

Bela filosofia de vida, eu disse.

Então peguei as chaves do carro no bolso da calça e avisei Alaor que ia para casa. Ele se afastou do carro para que eu entrasse e, quando dei a partida, debruçou-se na janela:

Tem uma coisa que eu não te contei, Ivan, mas acho que é legal você saber. Anteontem o Estevão me convidou para almoçar e veio com uma conversa bem esquisita.

Que tipo de conversa?

Ele me falou que andou pensando bastante na nossa briga e que tinha uma proposta pra me fazer. Fiquei lá, só ouvindo. Aí, ele disse que estava pensando em comprar a sua parte na construtora e falou que gostaria que eu não saísse da sociedade, que ele poderia até aumentar a minha participação. E perguntou o que eu achava disso.

E o que você respondeu pra ele?

Nada. Falei que precisava de uns dias para pensar no assunto. Mas eu não vou pensar bosta nenhuma, só queria ganhar tempo.

Fiquei quieto, tentando raciocinar, enquanto observava os dois homens parados em frente ao tapume. O encarregado tinha dito algo engraçado e o rapaz ria, cobrindo a boca com a mão.

Eu não sabia se devia te falar sobre a proposta do Estevão, Alaor disse e mexeu no retrovisor lateral do carro. Mas estamos juntos nessa e um precisa confiar no outro.

Olhei para o rosto de Alaor. Eu não confiava nele.

Veja o caso do Estevão: se ele confiasse na gente, nada disso precisaria acontecer. Mas ele não confia em ninguém, Alaor falou tão próximo de meu rosto que pude sentir seu hálito pesado.

O encarregado e o rapaz começaram a trocar golpes e esquivas, simulando uma luta de boxe. Uma brincadeira estúpida. Coloquei o cinto de segurança, Alaor segurou meu braço:

No fundo, essa história do Rangel foi o pretexto que ele estava esperando pra nos chutar pra fora da construtora, pode crer. Tá certo que ele odeia o Rangel até hoje... Tudo por causa daquele rolo com a Silvana...

Eu me lembrava da história. Estevão já namorava Silvana na época da faculdade e, numa ocasião em que os dois brigaram e ficaram separados, Rangel teve um caso com ela. Quando soube, Estevão afastou-se em definitivo de Rangel. Mais tarde, acabou reatando com Silvana, e se casaram logo depois de nossa formatura.

Todo mundo morria de tesão pela Silvana naquele tempo, lembra? Eu sonhava com ela pelo menos uma vez por semana,

Alaor apertou meu braço. Vai me dizer que você também não tinha uma queda por ela?

Olhei para a expressão de malícia em seu rosto. Pelos escuros se projetavam das narinas de Alaor. Antenas de insetos imóveis.

Porra, Alaor, ela era noiva do Estevão...

Para com isso, Ivan, você não é nenhum santo. Fala a verdade: se tivesse uma chance naquela época, você ia deixar passar?

Silvana era uma das mulheres mais bonitas da nossa turma. A família dela e a de Estevão se conheciam havia várias gerações, os dois tinham crescido juntos.

Ia nada, cara, e você sabe disso, Alaor disse. O filho da puta do Rangel se deu bem.

Ele foi desleal, Alaor, isso sim.

Se é deslealdade, eu não sei. O que eu sei é que o Rangel fez o que qualquer um de nós adoraria ter feito. É ou não é?

Aquela conversa estava me irritando. Eu queria ir embora. Alaor, porém, não tirava a mão do meu braço e não parava de falar.

Está certo que a Silvana engordou depois que a Marina nasceu. Eu reparei que ela nunca mais voltou a ser o que era. Mas ainda hoje é um mulherão. Com todo o respeito, é claro...

Puta conversa porca, Alaor.

Eu bem que arriscava um olho, você não?

Ele se agachou junto ao carro.

Sabe o que é mais engraçado, Ivan? O Rangel comeu a Silvana e a gente deveria erguer as mãos para o céu e agradecer todos os dias por isso.

Por quê?

Ora, se não tivesse brigado com o Rangel, quem você acha que o Estevão teria convidado pra ser sócio dele? A gente ia ficar na mão, cara. O Rangel era o amigo queridinho dele.

Eu preciso ir embora, Alaor.

Você nunca tinha pensado nisso? O Rangel é nosso grande benfeitor, Ivan. Agora, ele vai dar uma mãozinha pra gente ganhar dinheiro...

Desculpe, Alaor, mas eu preciso ir.

Nem esperei que ele se levantasse. Acelerei o carro e fui para casa. Vi, pelo retrovisor, que Alaor permaneceu à beira da calçada, de braços cruzados, pensativo.

5

O carro de Estevão foi localizado às três horas da tarde da quinta-feira, no final de uma rua de terra no extremo sul da cidade.

Um homem viu o carro de manhã, quando passou a caminho do poço onde os moradores do bairro se abastecem de água. Achou estranho um carro daqueles parado próximo ao local que usam como depósito de lixo. Mas não fez nada. Depois do almoço, ele notou que garotos da redondeza rondavam o carro e calculou que planejavam depená-lo. Então andou um quilômetro e meio até um orelhão e avisou a polícia.

O corpo de Estevão estava no porta-malas, com uma bala na cabeça. Embaixo dele, a polícia encontrou o cadáver de Silvana, com dois tiros no peito. Fazia menos de setenta e duas horas que eu e Alaor tínhamos contratado Anísio.

O casal havia saído na tarde anterior, a caminho de um shopping, e não fora mais visto. Como Estevão não apareceu para o jantar habitual das quartas nem foi localizado em casa, seu pai se preocupou. E me telefonou tarde da noite, perguntando se eu sabia de alguma coisa. Eu disse que não tinha ideia do que podia estar acontecendo e procurei acalmá-lo, dizendo que não devia ser nada grave.

Aproveitei que Cecília já estava dormindo e liguei para o celular de Alaor.

O doutor Araújo acabou de falar comigo, eu disse. O Estevão e a Silvana estão desaparecidos.

Eu sei, ele me telefonou também. O que pode ter acontecido? Será que é um sequestro?

Fiquei em silêncio.

Vamos torcer pra não ter acontecido nada com eles.

Continuei sem falar.

Faz o seguinte: se você souber de alguma coisa, me liga. Não importa a hora, tá legal?, Alaor disse e desligou.

Permaneci sentado ao lado da mesinha do telefone por um bom tempo. Sabia que nem adiantava tentar dormir, não ia conseguir. Eu me estiquei no sofá e passei horas percorrendo os canais da televisão, sem me fixar em nenhum. Tomei dois uísques. E assisti, na íntegra, à reapresentação de um jogo de futebol do campeonato italiano — embora não seja capaz de dizer qual foi o placar final da partida. Eu pensava em Estevão e Silvana. E em Anísio. E esperava que o telefone tocasse.

Um pouco antes do amanhecer, Cecília acordou e passou pela sala. Ela me olhou no sofá, foi até a cozinha e bebeu um copo de água. Depois, subiu a escada e voltou para o quarto. Era comum se passarem dias sem que um dirigisse a palavra ao outro. Estávamos no fim.

Às seis da manhã, tomei banho e fui para a construtora.

Fiquei fechado em minha sala, sem tocar em nenhum dos projetos que estavam sobre a minha mesa. Houve um momento em que Márcia entrou na sala, para me trazer café, e perguntou o que deveria fazer em relação ao cliente que tinha uma reunião com Estevão.

Cancele, eu disse.

Aconteceu alguma coisa com o doutor Estevão?

Não sei, Márcia.

Pouco depois, ela me passou uma ligação do dr. Araújo. Ele

estava num distrito policial, registrando o desaparecimento de Estevão e Silvana. Peguei o endereço e fui para lá.

O dr. Araújo gostava muito de mim e de Alaor — Estevão vivia dizendo isso. Era um homem atlético, bem conservado para sua idade. Quando me encontrou, na saída do distrito, ele me abraçou e deixou em mim o cheiro de sua loção pós-barba.

Marina o acompanhava. Ela herdara parte da beleza da mãe, embora os traços delicados, que davam altivez a Silvana, conferissem ao seu rosto um quê de arrogância. Tinha dezoito anos, cabelos pretos pintados num tom ainda mais escuro e piercings em várias partes do corpo. Eu achava que, por ser filha única, fora mimada em excesso por Estevão e Silvana.

Marina me cumprimentou com dois beijos e, olhando para ela, fiquei sem saber que tipo de sentimento o sumiço dos pais estava provocando nela. Parecia aérea. Como sempre.

O que você acha que aconteceu, Ivan?, o dr. Araújo fez a pergunta assim que Marina se afastou, para pegar o carro no estacionamento.

Não sei. A polícia tem alguma pista?

Por enquanto, não, ele disse. Fiz o registro do boletim de ocorrência e agora temos que esperar vinte e quatro horas para que o desaparecimento fique caracterizado. Esse é o procedimento padrão. Está parecendo um sequestro, não está?

Pode ser.

Nesse caso, só nos resta esperar. Sequestradores costumam demorar pra fazer o primeiro contato. Assim, deixam a família bem aflita e facilitam as negociações e o pagamento do resgate.

Marina se aproximou com o carro, estacionou junto ao meio-fio.

Existe algo que eu possa fazer?

Acho que não, Ivan, obrigado, o dr. Araújo pôs a mão no meu ombro. Estou com fé de que em breve vamos ter notícias deles.

Esperei o carro partir e então liguei para o celular de Alaor. E fui encontrá-lo num restaurante dos Jardins.

A polícia já está no caso, o doutor Araújo deu queixa, eu disse, logo que me sentei à mesa.

Tô sabendo.

Alaor passava manteiga numa fatia de pão e aparentava calma.

Não estou gostando disso, vão acabar descobrindo...

Alaor colocou o pão no prato à sua frente e pousou a faca na mesa. E me encarou.

Ninguém vai descobrir coisa nenhuma, Ivan.

O garçom veio até nossa mesa e anotou nossos pedidos. Alaor perguntou se eu o acompanhava numa garrafa de vinho. Recusei.

Se você ficar apavorado, aí, sim, vai acabar fodendo tudo, Alaor disse, depois que o garçom saiu de perto da mesa. Você não pode deixar isso acontecer.

Porra, mas e a Silvana? Ela não tem nada a ver com esse negócio...

Alaor mordiscou a fatia de pão.

O que você quer que eu diga? Nosso trato com o Anísio falava só do Estevão. Mas nós pedimos pressa, lembra? Vai ver que não teve outro jeito e o Anísio precisou pegar os dois juntos.

Caralho, eu disse. Ele não pode ter matado a Silvana.

Calma, Ivan. Ainda não sabemos, vamos esperar.

O doutor Araújo pensa que é um caso de sequestro...

Ele me falou, Alaor disse. Acho ótimo que ele pense isso.

Ainda era cedo. Poucas mesas estavam ocupadas. O pianista tocava uma música suave. Alaor comia pão com apetite.

Não sei como você consegue ser tão frio numa hora dessas.

Alaor mastigou por alguns segundos e bebeu um gole de água.

Do que você tem medo?

Ora, do que eu tenho medo... A polícia vai cair matando nesse caso.

Claro que vai, ele disse. E daí? Por acaso você sabe o que aconteceu?

Não.

Então, Ivan, podem investigar à vontade. É só você manter a calma.

E se o Anísio for preso?

Alaor suspirou, impaciente. E bateu três vezes na mesa com o nó do dedo médio.

Que conversa é essa? Isso não vai acontecer: o Norberto me garantiu que o Anísio é o melhor nesse negócio.

O garçom trouxe as entradas. Salada e carpaccio.

Vamos mudar de assunto, Ivan: você terminou a revisão das propostas que temos de mandar para o Rangel?

Você deve estar louco, Alaor. Se a gente entrar nesse lance com o Rangel agora, é bem capaz de alguém desconfiar...

Não seja paranoico, caralho.

Escuta aqui, Alaor: e se o Estevão comentou alguma coisa com o pai sobre os problemas que estava tendo com a gente? Já pensou? O doutor Araújo não é bobo, ele vai ligar uma coisa com a outra.

Alaor ficou sério, mantendo suspenso o garfo com uma porção de carpaccio, a meio caminho da boca.

Esse é um risco que vamos ter que correr, ele disse.

Olhei para os dois executivos e para a mulher que se acomodaram na mesa ao lado da nossa. Sorriam, descontraídos, felizes da vida. E percebi que, apesar da temperatura baixa do ar-condicionado, minha camisa estava empapada de suor.

A gente vai se foder, eu disse.

Alaor usou o guardanapo para limpar os lábios.

Se você fizer a sua parte, não vamos, não. Quando a gente acabar de almoçar, você vai voltar para a construtora e finalizar as propostas que vão para Brasília, o.k.? Eu só entrei nisso por causa do negócio com o Rangel e não vou deixar você estragar tudo.

Eu provei minha salada. Estava amarga.

E vê se se acalma um pouco, porra. Você está encharcado de suor.

Na saída do restaurante, enquanto esperava que o manobrista trouxesse seu carro, Alaor me puxou de lado e me exibiu seu telefone celular.

Outra coisa, Ivan: cuidado com o que você fala quando liga para mim. Presta atenção nisso. Esta merda não é de confiança.

No trajeto de volta para a construtora, constatei que meu suor cheirava mal. Eram três da tarde. Eu ainda não sabia, mas naquele momento a polícia acabara de encontrar os cadáveres de Estevão e Silvana.

6

Alaor entrou na minha sala e encostou a porta.

Tem um cara da polícia aí. Veio falar com a gente.

Uma onda de frio se ergueu às minhas costas. Eu me levantei da cadeira como se uma mola tivesse me espetado. Alaor se encostou na mesa.

Até agora correu tudo bem, Ivan.

Na noite de quinta-feira, o assassinato de Estevão e Silvana aparecera com destaque nos telejornais. No dia seguinte, um grande jornal veiculou um editorial indignado contra a falta de segurança na cidade. E a equipe de tevê de um programa popular sobre crimes apareceu na construtora, porém eu e Alaor nos recusamos a dar entrevistas. Alegamos medo de represálias. Tiveram de se contentar com imagens da fachada da empresa.

A imprensa continuava falando do caso naquela segunda-feira. O jornal sobre a minha mesa afirmava que a polícia já tinha um suspeito na mira. Mostrei para Alaor.

Conversa, Ivan. Você acha que se a polícia tivesse mesmo um suspeito perderia tempo anunciando? Iam lá, prendiam o sujeito, e pronto.

Então por que esse cara está aí pra falar com a gente?

Alaor dobrou o jornal, jogou de volta na mesa.

Eles estão investigando, Ivan, é normal. Não significa que suspeitam de nós, porra.

Não dá pra ter certeza disso...

Alaor, era visível, fazia um grande esforço para controlar a impaciência.

Presta atenção no que eu vou falar: a gente vai conversar com o cara numa boa, sem se apavorar, tá me entendendo? Você acha que consegue?

Eu estava à beira de um esgotamento. Tinha dormido pouco nos últimos dias, não conseguia raciocinar direito. E levava um susto cada vez que o telefone tocava. Achava que era a polícia avisando que vinha me apanhar.

Eu posso falar com ele, explicar que você está muito ocupado num projeto importante, Alaor disse. Mas você não acha que vai ficar esquisito? O que pode ser mais importante do que tentar ajudar a esclarecer a morte de um sócio?

Vamos lá falar com ele.

Tem certeza?

(Em vários momentos, no velório, eu achei que não aguentaria. Foi muito difícil receber abraços e condolências de amigos, clientes e desconhecidos — até o secretário da Segurança Pública esteve lá, numa prova do prestígio do dr. Araújo. Foi quase impossível fingir dor onde existia nojo. Alaor manteve no rosto durante todo o tempo uma expressão de quem havia sofrido uma grande perda. Um verdadeiro artista. Pouco antes de os caixões serem levados para o mausoléu da família Araújo, ele se postou ao lado deles. Acompanhei com atenção aquele teatro. Alaor permaneceu imóvel, de braços cruzados e de cabeça baixa, por longos minutos. Achei aquilo constrangedor. Mas o show ainda tinha mais atrações: ele pegou um lenço no bolso do paletó e só então me dei conta das lágrimas em seu rosto. Ele voltou para perto de onde eu estava, me abraçou e soluçou, com a cabeça apoiada em meu ombro. Naquela hora, eu quis sumir dali. Depois que conteve o choro, Alaor murmurou em meu ouvido: "Venha, vamos dar uma palavra de apoio à nossa nova sócia". E me puxou na direção de Marina.)

Eu repeti que iria conversar com o policial. Alaor ainda examinou meu rosto por mais um tempo.

Vê lá, hein? Não vá pisar na bola agora.

O homem nos esperava na sala de reuniões. Quando entramos, ele se levantou e se apresentou: delegado Junqueira, do gabinete do secretário da Segurança Pública.

Estamos fazendo uma apuração em paralelo à investigação oficial, ele explicou. Vocês sabem como é: o secretário é amigo pessoal do doutor Araújo.

Tive vontade de olhar para o rosto de Alaor, mas mantive minha atenção fixa no homem. Ele usava gravata berrante e um terno de grife. Era jovem ainda. Seu cabelo estava engomado e suas unhas tinham uma camada brilhante de base. A haste dourada de seus óculos escuros aparecia por fora do bolso do paletó. Um pavão.

Vocês já têm alguma pista?, Alaor perguntou.

Nada ainda, estamos trabalhando no escuro, o delegado Junqueira disse.

Sob a mesa, senti o pé de Alaor pressionando o meu.

Li no jornal de hoje que a polícia já tem um suspeito, comentei.

É bom não acreditar em tudo que sai nos jornais, o delegado disse. Às vezes somos obrigados a sonegar informações ou a divulgar pistas falsas. É o único jeito de fazer a imprensa largar do nosso pé.

Ele abriu a pasta, pegou um bloco de anotações e pôs sobre a mesa. Tirou uma Montblanc do bolso da camisa.

Preciso checar algumas informações. Vamos ver se vocês podem ajudar. Tudo bem?

Alaor abriu os braços:

Claro.

A calma em pessoa. O delegado Junqueira consultou as anotações no bloco, sublinhou alguma coisa numa das folhas. E olhou para mim.

A hipótese mais provável é latrocínio. Mas temos de pensar em outras possibilidades também. Já vi casos que a gente considerava encerrados darem cada virada...

O alarme de um carro disparou na rua, ali perto. Logo em seguida parou.

O sócio de vocês tinha algum inimigo?

Alaor recostou-se na cadeira, coçou o pescoço. Pensei em Rangel. Nossas propostas tinham seguido para Brasília na sexta-feira de manhã, enquanto Estevão e Silvana ainda eram velados.

Não que a gente saiba, Alaor disse. Difícil, né, Ivan?, imaginar alguém inimigo do Estevão...

Concordei.

Pensem bem, o delegado alisou o tecido da gravata. Às vezes, a gente arranja um inimigo e nem percebe.

Não no caso do Estevão, eu disse. Conheço ele desde...

Conhecia, o delegado me corrigiu.

Não entendi a princípio. Ele grifou mais uma palavra no bloco. Letra miúda, impossível de decifrar da posição em que eu estava.

Ele tá morto.

Ah. Bom, eu *conhecia* o Estevão desde a faculdade. Ele sempre foi um cara tranquilo.

Alguém que teve algum interesse contrariado, o delegado continuou.

Pensei: aí vem.

Como assim?, Alaor perguntou.

Vocês têm uma empresa. Algum concorrente ou, sei lá, um cliente que tenha ficado insatisfeito com algum negócio...

Não, não, Alaor descartou. Nunca tivemos esse tipo de problema.

Certo, o delegado disse e virou a página do bloco.

Alaor se voltou para mim e mexeu as sobrancelhas. Um movimento rápido, quase imperceptível.

Ele tinha dívidas ou alguém devia dinheiro pra ele?

Aqui na construtora, nem uma coisa nem outra, Alaor respondeu. Só se fosse na vida particular dele, mas acho que a gente saberia, não é, Ivan?

Financeiramente, ele não tinha problemas, eu disse.

Foi isso que o doutor Araújo contou, o delegado rabiscou mais palavras no bloco. Ele jogava?

Imagine, Alaor disse. O Estevão não tinha vícios.

Nem pertencia ao Lions, eu pensei. Estevão era o que se costuma chamar de "gente boa". Todo mundo gostava dele. Esse pensamento me oprimiu naquele momento.

E amantes, namoradas avulsas, alguma mulher casada? Ele era mulherengo?

Não, ele não fazia esse gênero, Alaor disse.

Pensei em Mirna. E em seu dragão. Será que Estevão gostava da tatuagem?

Caras certinhos desse jeito muitas vezes acabam surpreendendo, o delegado sorriu. Já conheci sujeitos que mantinham duas famílias ao mesmo tempo e ninguém desconfiava de nada.

No caso do Estevão, duvido, Alaor disse.

O delegado Junqueira completou as anotações, fechou o bloco e colocou a tampa na caneta.

É, assalto seguido de morte, resmungou.

Senti outra vez o pé de Alaor pressionando o meu debaixo da mesa. Evitei olhar para ele.

Vou contar uma coisa pra vocês: o carro foi periciado. Por fora, tinha impressões digitais de umas dez pessoas diferentes. Por dentro, estava totalmente limpo. A perícia não encontrou nem impressões do casal.

Anísio usava luvas? Não atrapalhavam na hora de arrancar unhas e furar olhos?, pensei.

Um ladrão cuidadoso, Alaor disse.

O delegado Junqueira o encarou:

Não foi um ladrão.

Engoli saliva.

Eles estavam em dois, pelo menos.

Anísio trabalhava com parceiros? Ou será que terceirizava os serviços, funcionando só como intermediário?

Como é que vocês sabem disso?, Alaor perguntou.

Simples, o delegado disse e reabriu o bloco. A bala que matou o homem saiu de um revólver trinta e oito. As balas que atingiram a mulher foram disparadas por uma pistola nove milímetros. Tudo à queima-roupa.

Isso não saiu nos jornais, eu disse.

Tá vendo como é aquele negócio que eu falei, de não contar tudo para a imprensa?

Quem havia morrido primeiro? Estevão? Silvana? Teria Anísio revelado quem fez a encomenda?

Tenho uma teoria, o delegado olhou para suas unhas. O casal foi sequestrado e colocado no porta-malas do carro e os bandidos rodaram pela cidade com eles, fazendo saques em caixas eletrônicos. Existem registros de quatro saques feitos entre dez da noite de quarta e duas da manhã de quinta.

Imaginei o pavor de Estevão e Silvana espremidos no porta-malas, enquanto eu assistia, insone, a uma partida de futebol. Caralho.

O único detalhe que chama a atenção é que, nesse tipo de crime, em geral os bandidos liberam as vítimas depois que sacam o dinheiro.

Olhei para Alaor. Ele estava sério.

Talvez o Estevão tenha reagido, eu disse.

É possível, o delegado pôs o bloco de volta na pasta.

Vai ver tentaram fazer alguma coisa com a Silvana, Alaor falou.

Senti meu corpo se arrepiando.

Não houve violência sexual, o delegado disse.

Ainda bem, pensei.

Levaram tudo do casal: documentos, relógios, anéis, celulares, talões de cheque, cartões de crédito. Até o aparelho de CD do carro... Eu não descarto a possibilidade de que os dois tenham sido executados por pura crueldade.

Alaor balançou a cabeça e disse: Meu Deus.

Você não faz ideia do que tem de sádico solto por aí, o delegado se levantou. Vou deixar meu cartão com vocês. Se por acaso se lembrarem de alguma coisa importante, é só me ligar.

Eu e Alaor também nos levantamos. E meu rosto deve ter demonstrado o alívio que eu sentia, porque Alaor me olhou e franziu a testa. O delegado procurava alguma coisa no interior da pasta.

Isto aqui pode interessar a vocês, ele disse e nos entregou um folheto colorido. É de um amigo meu, que tem uma oficina de blindagem de carros. Depois do que aconteceu, talvez vocês queiram tomar alguma precaução. É caro, mas hoje em dia vale a pena.

Alaor examinou o folheto.

Vamos pensar nisso.

Então o delegado Junqueira se despediu e eu abri a porta para que ele saísse. Quando me virei, vi que Alaor sorria. Ele segurou meus braços e me sacudiu. Estava eufórico.

Tá funcionando, Ivan, tá funcionando.

7

Pedi mais um uísque, o quarto da noite. Vicente, o barman, brincou:

Está com sede hoje, hein, doutor Ivan?

Ele tinha razão: eu estava bebendo rápido demais. Queria ficar bêbado, esquecer. Não queria pensar.

Eu estava numa banqueta alta, na ponta do balcão. Meu bar favorito estava mais cheio que de costume, ruidoso em excesso. Mas era o único lugar onde eu me sentia protegido.

Fora numa daquelas mesas, agora tomadas por homens e mulheres que gesticulavam e riam alto, que Alaor havia falado pela primeira vez em eliminar Estevão. Tínhamos bebido bastante durante uma conversa sobre nosso problema na construtora. Parecia sem solução. Alaor estava com a voz amolecida de bêbado quando falou:

Tem um jeito. Podemos matar o Estevão.

Na hora, a ideia me soou tão absurda que, apenas por brincadeira, resolvi dar corda para ver até onde Alaor iria.

E como vamos fazer isso? Um de nós vai lá e dá um tiro nele?

Ele olhou para os dois lados antes de aproximar seu rosto do meu e segurar meu braço.

Podemos achar alguém que faça isso pra nós.

Você pirou, Alaor. *Matar* o Estevão...

É o único jeito. Ou então vamos perder esse negócio com o Rangel.

Olha, Alaor, vou fazer de conta que não ouvi essa barbaridade que você está dizendo.

Ele se exaltou.

Pense bem, Ivan: é a nossa grande chance. Nunca mais vai surgir outra igual.

Prefiro esquecer que você disse isso.

Mas não esqueci. E na segunda vez que Alaor falou de sua ideia, passei a considerá-la a sério. Tínhamos insistido com Estevão para entrarmos no negócio com Rangel. Ele ficara irritado e, naquele momento, sua intenção era comprar minha parte e a de Alaor na construtora. Era tudo ou nada. Resolvi topar.

Vicente me serviu o quarto uísque. Percebi que não conseguia ficar sem pensar no que eu e Alaor havíamos feito.

Então ela passou ao lado do balcão, a caminho do banheiro. E me olhou.

Era jovem ainda, alta, ruiva, cabelos compridos, olhos claros. Virei-me no banco para acompanhar sua passagem. Parecia um gato se movendo.

Depois que meu casamento foi a pique, passei a ter casos esporádicos com mulheres que conhecia nos bares, na rua, no trânsito — uma vez parei para ajudar uma garota a trocar o pneu do carro e isso acabou rendendo um convite para jantar. Eram histórias que nunca duravam, porém. Por falta de empenho de minha parte, diga-se. Eu não me apaixonava.

Quando retornou do banheiro, ela foi direto para uma das mesas, sem me olhar. Estava com uma amiga, tão bonita quanto ela. Eu me perguntei se uma mulher daquelas seria capaz de me fazer tomar uma atitude com relação a Cecília — pergunta que eu repetia cada vez que iniciava algum caso.

Apoiei as costas no balcão, num ângulo perfeito para observar a mesa. Ela retribuiu meu olhar, disse alguma coisa para a amiga e as duas riram. Em outras circunstâncias, eu teria arriscado minha sorte. Mas me sentia muito deprimido naquela noite. Continuei bebendo e comendo amendoins. De vez em quando, olhava para a ruiva.

Vi quando dois garotões de camiseta de grife, músculos salientes à mostra, tentaram uma abordagem. Foram rechaçados de imediato e se encostaram num canto do bar, com cara de machos feridos. Achei aquilo divertido.

Houve um momento em que a amiga se levantou para ir ao banheiro. Ela permaneceu na mesa, brincando com o guarda-chuva de seu drinque. Aproveitei para encará-la. Ela sustentou meu olhar por um tempo, depois baixou a cabeça. A distância, parecia estar com um princípio de sorriso nos lábios.

Mesmo deprimido, achei que precisava agir. Antes que algum outro homem do bar fizesse isso. Ela valia a pena. Desci da banqueta, peguei meu copo no balcão e fui até a mesa.

Ela se chamava Paula, tinha vinte e dois anos, estudava ciência da computação e trabalhava meio período numa agência de viagens. Era inteligente, engraçada, sedutora. Darlene, a amiga, não demorou para perceber que estava sobrando na mesa e foi embora. Tive de prometer que depois levaria Paula sã e salva para casa.

Conversamos sobre tudo. O céu e o inferno. Música (ela ouvia um pouco de cada coisa, como a maioria das pessoas; gostava de rock e de samba). Livros (estava relendo um de Hermann Hesse). Cinema (adorava comédias românticas; gosto médio, de novo). Comidas (contou que sabia fazer alguma coisa, pratos da cozinha italiana). Religião (ela acreditava em Deus, um deus particular, com quem falava quando as coisas não iam bem). Viagens (tinha verdadeiro fascínio pelo Nordeste; se pudesse, disse, viveria por lá, pelada em alguma praia). Em nenhum momento falei de Cecília.

Na hora em que as palavras deixaram de ser necessárias, fomos para um motel. E nossos corpos continuaram a conversa.

A primeira vez que você vê nua uma mulher que deseja. Paula entrou na suíte do motel e sentou-se na cama para tirar as sandálias. Eu permaneci parado no centro do quarto, olhando para ela, admirando-a. Paula levantou a cabeça e sorriu de um jeito tímido.

Deitei-me ao seu lado e puxei-a para que também se deitasse. Ela colocou a mão sobre a minha. Ficamos assim um bom tempo, sem fazer nada, apenas olhando para nossa imagem no espelho do teto.

O desejo sem pressa.

Tem uma coisa que eu não contei pra você, falei, de repente. Eu sou casado.

Paula girou o corpo e apoiou-se no cotovelo. Sua testa estava franzida.

Quer dizer, eu sei que vai parecer um lugar-comum, mas é um casamento fali...

Shhh...

Ela encostou o indicador em meus lábios. Depois, abriu os botões de minha camisa e beijou meu peito com suavidade. Senti o cheiro adocicado de seu xampu. Paula se levantou e avisou que ia ao banheiro.

Fechei os olhos e saboreei aquele momento. O melhor momento, por sinal. Quando você sabe que algo está na iminência de acontecer, é só esperar um pouco. Algo muito bom. Eu estava precisando daquilo.

Abri os olhos e ergui a cabeça no momento em que ouvi o ruído da porta do banheiro. A tempo de ver Paula surgir por ela. Como uma vertigem. Vestida apenas com seus brincos.

De manhã, tomamos café numa padaria, e depois eu deixei Paula em frente a um edifício classe média na Aclimação. Eram quase nove horas.

Quando cheguei à construtora, Alaor conversava com um cliente na sala que fora de Estevão, desempenhando as novas funções que acumulara. Fui para minha sala e tentei me concentrar nas tarefas rotineiras. Eu me sentia relaxado, livre da pressão que me esmagava havia semanas. Fazia horas que não me lembrava de Estevão ou de Silvana. Pensei muito em Paula e num certo jeito de fazer uma certa coisa. Eu estava feliz. Às onze, ela telefonou. Apenas para falar que tinha sido bom me conhecer. Disse que queria me ver de novo.

O céu e o inferno. Logo depois que Paula desligou, a secretária me avisou que havia um homem à minha espera na recepção. O nome dele? Anísio.

Quando abri a porta, Anísio veio em minha direção, com a mão estendida. Velhos amigos.

Tudo certo, Ivan?

Apesar do calor, vestia uma jaqueta de brim. Está armado, calculei. Olhei para Márcia, mas ela parecia interessada apenas nas anotações de um caderno aberto à sua frente. Anísio entrou na minha sala, examinou o ambiente e se deteve diante da reprodução de Cartier-Bresson.

Você ficou louco?, eu disse, assim que fechei a porta. Tá querendo foder a gente?

Ele me olhou.

Bonito isto aqui, disse, apontando a cena parisiense.

Peguei o interfone, liguei para Alaor.

Dá um pulo aqui na minha sala.

Ele tentou argumentar que estava com um cliente, eu o interrompi:

É urgente, porra.

Indiquei a cadeira para Anísio. Ele se sentou e tirou o maço de cigarros e os fósforos do bolso da jaqueta.

Posso fumar?

Por que você matou a mulher? Não foi esse o combinado...

Anísio acendeu um cigarro, agitou o palito de fósforo, jogou-o no cinzeiro. Gestos calmos.

Pode ficar sossegado, Ivan, eu não vou cobrar a mais por isso.

Você não precisava ter matado a Silvana...

Alaor entrou na sala, viu Anísio. Ficou pálido.

Oi, Alaor. Como vai?

Puta que pariu. O que você está fazendo aqui?

Passei pra saber se está tudo bem com vocês.

Alaor sentou-se ao lado de Anísio. Ainda não tinha recuperado a cor.

Escuta aqui, Anísio: a gente ainda não tem a grana pra te pagar.

Anísio bateu a cinza do cigarro e colocou um chaveiro sobre a mesa. Na hora não entendi aquilo.

Não vim cobrar. Só passei pra saber se vocês ficaram satisfeitos.

Alaor suspirou, impaciente. Do interior da jaqueta, Anísio tirou um lenço amarrotado e o colocou na mesa, ao lado do chaveiro.

Eu nunca deixo cliente meu insatisfeito.

Quando ele abriu o lenço, pude ver os documentos, joias e cartões de crédito de Estevão e Silvana. Alaor deu um pulo da cadeira e recuou, horrorizado.

Caralho, Anísio, some com isso.

Anísio pegou um anel, ergueu-o e examinou com atenção.

Tem cliente que faz questão de receber comprovante.

Guarda essa merda, eu disse. Já pensou se alguém te pega com essas coisas? É a prova do crime.

Não sei por que você está tão nervoso, Anísio disse, enquanto recolhia o lenço e o chaveiro. A polícia acha que foi um assalto. Você não lê jornal? Daqui a pouco eles pegam um pé de chinelo aí, botam no pau e ele assina essa bronca, vocês vão ver.

Alaor encostou-se na mesa e respirou fundo antes de falar.

Vamos fazer o seguinte: até amanhã sem falta a gente arruma o dinheiro pra te pagar.

Anísio esmagou o cigarro no cinzeiro. Sorriu.

A pressa é de vocês. Mas, por mim, tudo bem. Amanhã eu passo aqui.

Alaor balançou a cabeça.

Não, não, Anísio. Deixa que nós levamos a grana pra você.

Anísio se levantou e ergueu a cintura da calça. Olhou para Alaor e depois para mim.

Vocês não têm confiança em mim?

Alaor fingiu relaxar, mas seu nervosismo era visível. Ele tocou o braço de Anísio. Sorriu. Forçado.

Não é isso. É que, se você fica aparecendo aqui na construtora, alguém pode desconfiar de alguma coisa.

Desconfiar do quê?

Espera aí, Anísio, eu disse. É bom a gente tomar cuidado, não é? Você é estranho aqui na empresa e...

Anísio me interrompeu:

Eu sou amigo de vocês. Nunca prejudiquei nenhum amigo meu.

Tá bom, tá bom, Alaor consultou o relógio. Só que agora você me pegou no meio de uma reunião importante... Amanhã a gente te procura lá no bar, leva o dinheiro e daí conversamos melhor, que tal?

Eu passo aqui.

Anísio disse a frase olhando direto nos olhos de Alaor. Ficamos em silêncio por alguns segundos. Alaor abriu os braços, se rendeu:

Tá certo.

Anísio caminhou até o centro da sala e girou o corpo, avaliando o ambiente. Eu e Alaor nos entreolhamos. Anísio afastou a persiana da janela e espiou a rua. Como não dissemos nada, ele se despediu e foi embora.

Putz, que sujeito mais doido, meu Deus, eu disse.

Alaor estava sério.

Temos que arrumar o dinheiro dele até amanhã.

Como é que nós vamos fazer isso?

Não sei, Ivan. Vendo os carros, peço um empréstimo, pego aqui na empresa. Eu dou um jeito. A gente precisa se livrar desse louco o quanto antes.

O Anísio é um psicopata, Alaor. Viu a calma dele? E o pior é que fica andando por aí com aquele monte de provas no bolso.

Alaor passou a mão no rosto. Ainda estava perturbado.

Amanhã, a gente fica livre dele.

8

Um cachorro latia com insistência perto da casa e isso me acordou. Tinha cochilado no sofá do chalé de praia em que eu e Paula passávamos um fim de semana prolongado, no litoral norte. Era domingo, final de tarde, nosso terceiro dia ali. Na sexta, eu nem aparecera na construtora.

Eu me levantei do sofá e me espreguicei. Ouvi vozes de crianças e uma pipa amarela surgiu na janela, enquadrada contra um céu muito limpo. Recolhi o jornal que se espalhara pelo chão e coloquei sobre a mesa.

Paula dormia numa rede na área de entrada do chalé. Usava um biquíni vermelho e seu chapéu de palha estava caído ao lado da rede.

Ao contrário de Cecília, que tinha um sono tenso e agitado, como se algo a ameaçasse, Paula dormia sempre de um jeito sereno, relaxado. Em paz com o mundo. Era uma bela mulher. O bico de um de seus seios aparecia em relevo no tecido vermelho. Não resisti e toquei-o. Ela abriu os olhos no ato. E sorriu.

Que horas são?

Não sei, acho que umas cinco, eu disse. Faz três dias que não me preocupo com isso.

Paula saiu da rede e me abraçou. Seu corpo estava mais quente que o meu. Eu adorava seu cheiro.

Daqui a pouco temos que subir, ela disse. Que pena, está tão bom.

Eu havia explicado a ela minha situação com Cecília. Paula dissera que, em princípio, aquilo não a incomodava, só não queria ser o pivô de nada.

Vamos ficar mais um dia...

Ela me apertou e mordiscou o lóbulo de minha orelha.

É uma tentação. Mas você não tem que trabalhar amanhã?

Tenho, eu disse.

Essa era a pior parte. Eu não estava com um pingo de vontade de aparecer na construtora. E tinha vários motivos para isso. O principal era Anísio.

Alaor tivera dificuldades em arranjar o dinheiro para pagá-lo. Vendeu um de seus carros. Entrei com os dólares que guardava. E uma parte da grana veio de um agiota.

Anísio recebeu a pasta com o dinheiro das mãos de Alaor. Apalpou o conteúdo, avaliou o peso, não conferiu. Estávamos na sala de reuniões e ele vestia outra vez sua jaqueta de brim. Alaor perguntou:

Não vai contar?

Confio em vocês.

Anísio pegou um maço de notas e guardou no bolso. Então fez algo inesperado: deslizou a pasta sobre a mesa, na minha direção.

Confio tanto que quero pedir um favor.

Alaor se voltou para mim, deu um risinho nervoso.

Se ficar comigo, acabo torrando tudo em besteira. Vocês podem guardar pra mim?

Aquilo nos deixou desconcertados.

Escuta aqui, Anísio, Alaor disse, eu não sei no que você está pensando, mas...

Empurrei a pasta de volta para Anísio.

A gente te contratou para um serviço, você fez e agora estamos pagando. Ponto final. Como você vai gastar esse dinheiro não é problema nosso.

Anísio usou a unha do dedo mínimo para raspar uma imperfeição no couro da pasta.

Tô pedindo um favor.

Não complica, Anísio, por favor, pega o dinheiro, Alaor falou e deu para ver que represava uma enorme irritação.

Põe num banco, sugeri — a sério.

Anísio cravou os olhos verdes em mim. Depois em Alaor. Faiscavam.

Vocês não querem a minha amizade, é isso?

Não dissemos nada.

Já entendi: querem ficar livres de mim...

A mão de Anísio sumiu no interior da jaqueta. Eu e Alaor nos mexemos ao mesmo tempo na cadeira. Ele nos espiou com curiosidade. Tirou o maço de cigarros do bolso da camisa, acendeu um. Falou sem olhar para nenhum de nós:

Vocês podem precisar de mim outra vez.

Senti uma pontada no estômago. Alaor cruzou os braços. Disse:

Você não está entendendo, Anísio. Veja bem: tivemos um problema aqui na empresa, agora está tudo resolvido. Por que a gente iria precisar de você de novo?

Anísio deu uma tragada no cigarro e emitiu rajadas de fumaça quando falou:

Posso cuidar da segurança de vocês.

Minha mãe era a única pessoa que eu conhecia que dizia disparates com tanta naturalidade. Mas ela estava doente, esclerosada. Anísio não. Ele falava sério.

Depois do que aconteceu com o sócio de vocês, não é bom pensar num segurança?

Eu ia replicar, mas Alaor me impediu, tocando meu braço.

O que você quer, Anísio? Mais dinheiro?

Anísio fez cara de aborrecido. Eu me virei para Alaor.

Ele vai nos chantagear, é isso?

Anísio levantou o olhar cheio de dureza.

Você não me conhece. Não faço esse tipo de coisa.

Mas tá parecendo, eu disse.

Estou oferecendo proteção porque gostei dos dois. Vocês não querem?

Espera aí, Anísio, Alaor disse. Aonde você quer chegar, afinal?

A lugar nenhum, Anísio bateu a cinza do cigarro. Eu venho aqui pra empresa, tomo conta da segurança, não atrapalho ninguém. E, se vocês precisarem de alguma coisa, é só falar.

Ah, é? E o que a gente diz para os outros funcionários?, Alaor perguntou. Que você é nosso guarda-costas?

Anísio riu.

Sabe o que eu acho? Que você e o Ivan ainda não perceberam que agora são os donos disto aqui. Desde quando dono precisa dar satisfação pra empregado? Dono pode tudo, Alaor.

Você vai acabar entregando a gente, eu disse.

Você não confia mesmo em mim, né, Ivan? Eu sou seu amigo, porra.

Eu não quero ser seu amigo...

Ei, ei, calma, Ivan, Alaor levantou a mão e interrompeu a conversa.

Anísio me olhava nos olhos, sem piscar. Um bicho, um segundo antes do bote.

Vamos deixar o Anísio fazer o que está propondo, Alaor disse. Ele pode ser útil aqui na construtora.

Anísio continuava me olhando, só que sua expressão se tornara vitoriosa.

Acho isso uma puta loucura, eu disse.

Calma, Alaor pressionou meu braço. Vamos ver o que acontece.

Começo amanhã, hoje eu ainda tenho umas coisas pra resolver. Eu vou trabalhar direito, vocês vão ver, Anísio se levantou e indicou a pasta de couro. Eu também vou estar protegendo o que é meu, não é mesmo?

Tive de apertar aquela mão enorme antes que ele saísse. Alaor parecia mais à vontade — e até retribuiu o abraço que Anísio lhe deu. Continuei sentado à mesa, olhando para a pasta.

Por que você topou esse negócio, Alaor? O Anísio vai foder a gente.

O que você queria que eu fizesse? Agora não é hora de criar atrito.

Acho que a gente entrou numa fria.

Calma, Ivan, eu vou falar com o Norberto, pra ver o que ele acha.

Quem sabe ele indica outro psicopata pra fazer esse serviço...

Não seja bobo, Ivan. Você não viu a segurança do Anísio?

Esse cara é um louco...

Louco nada. O Anísio deve ter se prevenido antes de vir falar com a gente. Quem garante que ele não deixou aquelas provas com alguém, como uma espécie de seguro de vida?

Perfeito. Agora tem mais gente sabendo da nossa história. Que beleza.

É outro risco que vamos ter que correr. Mas, por enquanto, não vejo motivo pra se preocupar. Vamos dar um tempo até descobrir qual é o jogo dele. Aí, a gente toma alguma providência.

Por que eu fui entrar nessa história, meu Deus?

Alaor se levantou, pegou a pasta com o dinheiro e me deu um tapinha no ombro.

Fica frio, Ivan. Vai dar tudo certo.

Na manhã seguinte, quando cheguei à construtora, Anísio já estava lá. Sentado numa das poltronas da recepção, ele conversava animadamente com nossa secretária. Ao me ver, Márcia parou de rir na hora. Anísio me cumprimentou e perguntou se estava tudo bem. Resmunguei a resposta e fui para minha sala.

Antes de entrar, ainda consegui ouvi-lo perguntando a Márcia se ela já havia reparado como a maioria das pessoas acorda de mau humor.

Meu trabalho não rendeu. O tempo inteiro me senti oprimido pela presença de Anísio na empresa. De vez em quando, ouvia suas risadas na recepção. O filho da puta estava à vontade.

Alaor passou o dia fora da construtora, acompanhando obras em andamento. No final da tarde, liguei para ele.

A figura está aqui.

Eu sei, Alaor disse. Liguei de manhã avisando a Márcia que o segurança ia começar a trabalhar hoje.

Você falou com o Norberto?

Alaor ficou em silêncio. Achei que a ligação tinha caído.

Alô. Alaor?

Eu estou aqui, Ivan. Você se esqueceu daquele negócio que eu disse sobre conversas pelo celular?

Foda-se. Você falou com ele ou não falou?

Falei, Ivan, falei.

E aí?

O Norberto acha que a gente não deve fazer nada, pelo menos por enquanto. Vamos esperar pra ver qual é a do nosso amigo.

Vamos acabar na cadeia por causa dele.

Vamos nada, Ivan. Ele também tem o rabo preso, não vai aprontar nenhuma loucura.

Quer dizer: vamos cruzar os braços e aturar o Anísio aqui dentro da construtora. Belo arranjo.

Você tem alguma sugestão melhor?

Pensei: Vá à merda. Disse: Até quando, Alaor?

Não sei. Toca o seu trabalho, esquece o Anísio.

Era como pedir a alguém que esqueça que está com um tumor. Simples: basta parar de pensar no assunto, e pronto. Ouvi outra vez a risada de Anísio vindo da recepção. Liguei para o celular de Paula.

Vamos descer para a praia amanhã?
Nossa, amanhã ainda é sexta, Ivan, ela disse.
Eu sei. É que eu ando de saco cheio do trabalho. Vamos?

9

O pavor não me dava trégua.

Desembarquei no Aeroporto de Congonhas, vindo de Brasília, onde passara dois dias discutindo com Rangel os detalhes técnicos dos contratos que iríamos assinar. O resultado da concorrência ainda não fora anunciado, mas Rangel garantia que era barbada.

Não tem erro, Ivan, ele tinha falado. Em breve, a placa de vocês vai estar num monte de obras por aí.

A placa da Araújo & Associados, eu pensei, com o nome de Estevão seguido de um *in memoriam*, como Alaor queria.

Rangel tinha visto a notícia das mortes de Estevão e Silvana na televisão e em nenhum momento pareceu desconfiar de nada. Ele nunca soube que Estevão se opusera aos nossos negócios. Quando falamos do assunto, Rangel perguntou:

A Silvana continuava bonita?

Continuava.

Ele ficou pensativo por alguns segundos. Daí, balançou a cabeça.

Mulher maravilhosa, disse. Uma princesa.

E o gordo Rangel reverenciou a memória da morta passando a língua pelos lábios.

Me diga uma coisa, Ivan: a Silvana era feliz com o Estevão?

Acho que era. Eles tinham uma filha, a Marina.

Eu sei, li no jornal, Rangel disse. Ela é bonita como a Silvana?

A Marina é muito parecida com a mãe.

Ele sorriu.

Ela é a nova sócia de vocês, não é isso?

Confirmei. Rangel deu um tapinha em meu ombro. Continuava sorrindo.

Preciso conhecer essa menina qualquer hora. Afinal, vou encher o rabo dela de dinheiro.

Ela sempre teve dinheiro, Rangel.

Eu sei, mas agora ela vai ter muito mais.

Enquanto esperava por minha bagagem na esteira do aeroporto, liguei para Paula. Entrou a mensagem da caixa postal do celular. Deixei um recado amoroso e um convite para um almoço. Eu estava ansioso para encontrá-la.

Foi então que um dos passageiros que aguardavam do lado oposto da esteira chamou minha atenção. Tive a impressão de que ele desviou o olhar quando o encarei.

Vestia um terno escuro, de bom corte, e outra gravata de cor berrante. O delegado Junqueira.

Continuei a observá-lo, mas ele não olhou em minha direção. Nem mesmo quando passou ao meu lado, empurrando o carrinho com sua bagagem, rumo à saída da sala de desembarque. Recolhi minha mala e saí atrás.

Ele entrou num carro oficial que o esperava na área dos táxis. Eu permaneci parado na porta do aeroporto, recuperando o fôlego. No táxi, a caminho da construtora, eu ainda sentia meu coração bater na garganta.

Alaor ficou possesso com a história.

Onde já se viu pensar que esse cara tá te seguindo, Ivan? Isso é piração sua.

É muita coincidência, eu disse. Ele estava me olhando e disfarçou quando viu que eu notei.

Estávamos na sala de reuniões, sentados frente a frente. Alaor saiu de seu lugar, rodeou a mesa e sentou-se ao meu lado. E falou com o rosto quase encostado no meu:

Larga de ser paranoico, porra. Pense um pouco, Ivan: se esse cara estivesse realmente te seguindo, você acha que ele teria se mostrado desse jeito? Não seja burro.

Partículas da saliva de Alaor espirraram em meu rosto.

Não dá pra ter certeza, eu disse. Quem garante que ele não me acompanhou o tempo inteiro em Brasília? Já pensou?

Alaor cobriu o rosto com as mãos e gemeu de impaciência.

Caralho, Ivan, será que você não percebe que a vida voltou ao normal? Esse caso tá encerrado.

O interfone tocou sobre a mesa. Alaor atendeu, ouviu o que Márcia dizia e depois se levantou.

A Marina está aí com o avô, pra tomar posse na empresa. Depois, vamos almoçar com eles.

Eu havia me esquecido daquele compromisso e isso me irritou — eu não poderia almoçar com Paula. Consultei o relógio: quase onze da manhã.

Agora, vê se controla os nervos. Ou você vai acabar estragando tudo, Alaor disse.

E abriu a porta para que Marina e o dr. Araújo entrassem.

No começo, Marina ouviu com atenção as explicações de Alaor sobre o funcionamento básico da construtora. Mas logo se desinteressou e recostou-se na cadeira com uma expressão de tédio no rosto. Seu olhar estático indicava que, naquele instante, seu pensamento passeava por algum outro lugar longe daquela sala de reuniões.

Marina roeu unhas, mexeu no piercing preso à sobrancelha, bocejou. Nossa nova sócia tinha no currículo uma passagem, aos dezesseis anos, por uma clínica de desintoxicação. Era um assunto sobre o qual Estevão evitava falar. Eu e Alaor achávamos que ela continuava usando drogas.

Alaor falou sobre nossa situação financeira e abriu a pasta de balanços para que o dr. Araújo examinasse. Disse que a empresa passava por um período tranquilo e classificou como "boas" as perspectivas de projetos que se encontravam em andamento. Nesse momento, ele olhou para mim. Estava à vontade. Admirei sua frieza.

Talvez seja interessante fazer uma auditoria aqui na construtora, para deixar tudo mais transparente, Alaor comentou. O que o senhor acha?

O dr. Araújo fechou a pasta de balanços.

Não é preciso nada disso, Alaor. Eu sei que está tudo em ordem. A não ser que a Marina faça questão disso.

Ao ouvir seu nome, Marina voltou à tona.

Eu não entendo nada do que vocês estão conversando nem quero entender, ela disse.

Agora, você é a sócia majoritária da empresa, eu falei. Seria bom acompanhar o que acontece por aqui.

Marina riu.

Não vai dar certo, Ivan. Prefiro que meu avô resolva tudo pra mim.

O dr. Araújo ia dizer alguma coisa, mas Marina se levantou e avisou que estava saindo da sala, para fumar um cigarro.

Pode fumar aqui dentro, Marina, Alaor disse. Agora, você é a dona.

Obrigada, Alaor, mas eu vou fumar lá fora. Podem acertar tudo com o meu avô.

Ela saiu da sala e fechou a porta. O dr. Araújo fez uma careta, contrafeito.

Essa menina me preocupa, ele disse. Eu gostaria muito que ela fizesse uma viagem, ficasse um tempo fora pra esquecer esse pesadelo. Mas ela não quer, é teimosa.

O dr. Araújo contou que não conseguira convencê-la a mudar-se para sua casa. Marina estava morando sozinha na casa dos pais, um sobrado imenso no Morumbi.

Eu acho que, na idade dela, não é saudável ficar naquele casarão cheio de lembranças.

Voltamos a falar da situação da construtora. O dr. Araújo ouviu minhas explicações e as de Alaor sem fazer nenhum comentário. Quando a reunião terminou, parecia muito satisfeito. O dr. Araújo confiava em mim e em Alaor. Nada havia mudado: ele gostava muito de nós, como Estevão costumava dizer.

Essa constatação fez com que, pela primeira vez em semanas, eu me sentisse relaxado sem que Paula estivesse por perto. Só acontecia quando eu estava com ela. O resto do tempo eu passava entorpecido, atordoado. Uma atmosfera irreal me cercava. As coisas aconteciam sem controle. Um princípio de loucura.

A sensação de relaxamento, porém, durou pouco. Só até o momento em que o dr. Araújo, bastante emocionado, por sinal, me abraçou e me deu tapas vigorosos nas costas. Porque, por cima de seu ombro, eu olhei para o janelão da sala de reuniões — e vi Anísio conversando com Marina no estacionamento da construtora.

Ambos fumavam. Marina ria de alguma coisa que ele contava. Anísio pegava com intimidade no braço dela enquanto falava. Pensei: o que essa menina faria se soubesse, de verdade, quem é o sujeito com quem está conversando?

Almoçamos num restaurante próximo à construtora. Alaor foi o único que comeu com apetite. Marina mal tocou em seu prato.

Enquanto conversávamos, dei uma espiada nos outros clientes do restaurante. A maioria vestia terno. Executivos, homens de negócios, era o que pareciam. Imaginei se um deles não seria um policial nos vigiando.

Tomávamos café quando o dr. Araújo disse a Marina que ela podia ficar tranquila: a construtora estava em boas mãos.

O Estevão gostava muito desses dois, ele disse, segurando a mão da neta. Uma vez, seu pai comentou que eles eram dois irmãos que ele tinha encontrado no mundo.

Marina olhou para mim e forçou um sorriso. Dava para ver que ela estava doida para cair fora dali.

Os olhos de Alaor marejaram. Que filho da puta, eu pensei, deveria trabalhar na televisão.

De volta do almoço, eu disse a ele:

Vou chamar alguém pra fazer uma varredura nos telefones.

Alaor me puxou pelo braço. Bufava.

Para com isso, Ivan. Essa história já encheu o saco.

E se aquele delegado grampeou nossos telefones?

Alaor me deu um empurrão.

Que paranoia do caralho.

Ele pode estar escutando as nossas conversas.

Alaor cruzou os braços, sua expressão se tornou carregada.

Você precisa de férias, Ivan, está ruim da cabeça. O caso tá arquivado. Acabou. Até a menina já virou nossa sócia. Nosso plano deu certo, põe isso na cabeça de uma vez.

E o Anísio?

Alaor deu uma risada sinistra.

O Anísio é apenas um detalhe em aberto. Vamos resolver na hora certa.

Ah, é? E como? Matando ele?

Alaor pôs as mãos em meus ombros. Parecia ter ficado eufórico.

Esquece o Anísio por enquanto, Ivan. Toca a vida em frente.

Ele me deu um tapinha no rosto.

Vamos fazer o seguinte: eu vou conversar com o Norberto, ele deve ter algum contato na Secretaria de Segurança. Você vai ver: a investigação acabou.

Eu continuei quieto.

Pode chamar alguém pra fazer a varredura dos telefones. Se isso vai te deixar tranquilo, ótimo. Mas depois para com essas frescuras, Ivan. O nosso plano funcionou.

Os olhos de Alaor brilhavam. Naquele instante, ele quase me convenceu. E durante dois dias eu *quase* acreditei que as coisas iam sair direito. Mas na manhã do terceiro dia, ao chegar à construtora, eu descobri que não existe nenhuma situação ruim que não possa piorar.

Eu estava atrasado, tinha passado a noite num motel com Paula. Assim que cheguei, vi um carro deixando um de nossos funcionários mais assíduos em frente à construtora, para mais um dia de trabalho.

Os cabelos dele e os da garota que dirigia o carro estavam molhados. Como se os dois também tivessem acabado de sair de um motel. Eles se beijaram. Ele entrou na construtora sem me ver. Ela arrancou com o carro. Anísio e Marina.

10

Fui ver minha mãe.

Ela morava na casa de minha irmã, no Cambuci. Fazia semanas que eu não a visitava, mas ela não pareceu importar-se com isso. Minha mãe tinha se rendido à velhice antes do tempo e se transformado numa anciã silenciosa e discreta. Vivia num mundo à parte, esperando sua hora. Passava os dias sentada numa poltrona da sala, diante da televisão. Quando a visitava, eu tinha de forçá-la a conversar. Caso contrário, ficávamos em silêncio, assistindo à programação da tevê.

Puxei uma cadeira e sentei-me ao lado de sua poltrona. Ela olhou para meu rosto. E então me beijou.

A Cecília tá boa?

Achei o comentário curioso. Por dois motivos. Era a primeira vez em muito tempo que minha mãe tomava a iniciativa de uma conversa. E ela e Cecília se detestavam, não se falavam havia anos. Uma nunca perguntava pela outra.

Ela está bem, eu disse.

Não era verdade: Cecília praticamente tinha se mudado para o quarto de hóspedes, eu passava dias sem vê-la. Só sabia que ela estava em casa porque às vezes, da sala, ouvia sua tosse no quarto. Nosso casamento tinha entrado na prorrogação.

Você está muito abatido, Ivan.

Estou com problemas, mãe.

Dinheiro?

Olhei para seus olhos aquosos, de um castanho desbotado. E menti de novo.

É, é dinheiro.

Minha mãe me encarou com sua expressão bondosa por mais algum tempo. Então se voltou para a televisão e pareceu interessar-se pela receita de culinária que uma mulher loira explicava. Quando achei que iria recolher-se outra vez ao mutismo, ela falou.

Você é igual ao seu pai.

Meu pai. Eu nunca descobrira o que o empurrou para o suicídio. Era um homem calado, introspectivo, funcionário do Banco do Brasil. Não tinha dívidas quando morreu. Nem amantes ou doenças incuráveis, até onde pude apurar. Meu pai não gostava de jogo nem de bebida.

Deixou um bilhete em que pedia perdão à mulher e dizia que amava os filhos.

Adulto, considerei por algum tempo a ideia de exumá-lo para tentar achar pistas do que havia ocorrido. Falei com minha irmã sobre o assunto, ela foi contra. Desisti da ideia. Um homem comum e sua tatuagem secreta no ombro esquerdo.

Por que ele se matou, mãe?

Ela ouviu a pergunta sem tirar os olhos da tela da tevê. E permaneceu calada.

O que aconteceu com ele, mãe?

No colo, uma de suas mãos teve um breve espasmo. Não foi a única reação visível: embora seus olhos continuassem fixos na televisão, sua expressão se contraiu. Havia dor em seu rosto.

No carro, depois, pensei muito na frase que minha mãe pronunciou quando me despedi, beijando-a no rosto.

Seu pai era um homem fraco, Ivan.

Ela não disse mais nada, e eu sabia que não adiantaria insistir. Eu era igualzinho a meu pai. Um fraco. E estava apavorado.

* * *

Na tarde daquele dia, Anísio havia entrado na minha sala acompanhado por um mulato barrigudo.

Este é o Claudino, meu compadre, ele disse. Sou padrinho da filha dele.

E explicou a situação: o homem estava desempregado havia meses e, como não achava trabalho, planejava abrir um bar na periferia em que morava. Precisava de um empréstimo para isso.

Eu disse a ele que tinha uns amigos que podiam ajudar, Anísio comentou.

Os dois se sentaram à frente da mesa. Peguei o interfone e pedi que Alaor viesse à minha sala. Enquanto esperávamos, Anísio falou do homem como se ele não estivesse ali:

O Claudino está numa fase difícil, mas é sangue-bom. Eu conheço ele, você pode ficar sossegado, Ivan: assim que as coisas melhorarem, ele paga esse empréstimo. Eu garanto.

O mulato me olhou de modo cúmplice, como se conhecesse os detalhes de minha ligação com Anísio.

Alaor entrou na sala, apertou a contragosto a mão de Claudino e ouviu em pé a história. A veia que se destacava em seu pescoço dava uma ideia do esforço que fazia para conter a irritação.

O Anísio tá pensando que isto aqui é um banco, eu disse.

Anísio se levantou.

O Ivan não entendeu, Alaor. O que eu estou pedindo é um empréstimo. O meu compadre vai devolver esse dinheiro.

A coisa não funciona assim, não, Alaor disse. Esta empresa tem contabilidade...

Eu sei disso, Alaor. Mas, quando a gente quer, sempre tem um jeitinho, não tem?

Não vai dar, Anísio. Desculpe, mas a gente vai ficar te devendo essa, eu falei.

Anísio passou a mão pelos cabelos crespos. O mulato permanecia sentado, de cabeça baixa. Parecia constrangido com a situação.

E o caixa dois?, Anísio perguntou. Vai me dizer que vocês não têm caixa dois?

Não temos caixa dois. Aqui, tudo é feito por cima do pano, eu disse.

Anísio sorriu. Então pegou um cigarro e depois ofereceu o maço ao mulato.

Viu só que mundo ingrato, compadre? E eu pensando que esses dois eram meus amigos...

Não é isso, Anísio, Alaor disse.

Como não?

De repente, o tom de voz de Anísio se tornou hostil. Ele olhava para mim.

Meu compadre veio de longe, achando que ia resolver o problema, e o que acontece? Vocês estão me fazendo passar vexame por causa de uma mixaria.

Anísio vestia uma camisa folgada — a barra cobria a cintura da calça e as mangas compridas quase escondiam suas mãos. Calculei que ele estava armado. Contudo o que mais me perturbou nessa hora foi reconhecer aquela camisa. Não era à toa que ficava tão folgada no corpo de Anísio.

Vocês estão ganhando dinheiro por minha causa, ele disse, sem tirar os olhos do meu rosto.

Alaor interveio, fez um gesto de apaziguamento.

De quanto você precisa, afinal?, perguntou.

Anísio disse. Alaor mandou que eu preparasse um cheque e falou que depois arrumaria uma nota fiscal para justificar aquele gasto. Eu não me conformei:

Por que a gente não usa o dinheiro do Anísio, aquele que guardamos pra ele?

A expressão de Anísio se tornou ameaçadora. Ele fechou as mãos. Estava a ponto de pular no meu pescoço. Alaor percebeu e se aproximou da mesa.

Acaba com isso de uma vez, Ivan, preenche logo essa merda desse cheque.

Peguei o talão na gaveta e destaquei uma folha, assinei e empurrei o cheque na direção de Alaor, para que ele preenchesse e assinasse. Anísio acompanhou satisfeito os movimentos e me dedicou um olhar triunfante. Ele recebeu o cheque e o entregou ao mulato. Então abraçou Alaor e agradeceu.

Não se preocupe, o Claudino vai pagar tudo direitinho. É homem de compromisso.

Esperei que os dois deixassem a sala.

Parabéns, Alaor, eu disse. Agora, toda semana o Anísio vai tomar dinheiro da gente. Viramos empresa filantrópica.

Alaor sentou-se na cadeira que Anísio ocupara antes.

Entrar em atrito com ele não vai resolver nada, ele falou.

Tamos fodidos.

Calma, Ivan, o Anísio só está provocando a gente. Não vamos entrar no jogo dele.

Anotei o valor do "empréstimo" no canhoto do cheque e guardei o talão na gaveta. Alaor apoiou os cotovelos na mesa, pensativo.

O Anísio está comendo a Marina, eu disse, sereno.

Alaor não se mexeu. Apenas sua pele mudou de cor. Ficou cinza.

Que é isso, Ivan? Você tá maluco?

Vi os dois juntos hoje de manhã. Parecia um casal de namorados.

Alaor retorceu os lábios.

Você não reparou na camisa que o Anísio está usando?, perguntei. Conheço aquela camisa. Era do Estevão, tenho certeza.

Alaor empurrou o cinzeiro para o canto da mesa. Então me olhou de um jeito estranho. E riu.

Sabe que essa história pode ser boa pra nós?

Agora, a gente está na mão dele pra valer.

Pensa um pouco, Ivan. Já imaginou se alguém conta pra Marina quem é o Anísio? Essa é a nossa arma contra ele...

O Anísio não é bobo. Ele sabe que nenhum de nós tem colhão pra fazer isso. Vai parar todo mundo na cadeia.

Alaor se levantou. Falou de indicador em riste:

Pode escrever, Ivan: eu não vou deixar esse cara atrapalhar a minha vida.

Depois que Alaor saiu da minha sala, tentei me concentrar no trabalho, mas foi impossível. Eu me sentia cada vez mais acuado. Resolvi visitar minha mãe. Eu estava em falta com ela fazia semanas.

11

O ruído dos caminhões e carros que trafegavam pela Marginal Tietê entrou pelo vitrô do banheiro junto com a claridade da manhã. Enquanto urinava, espiei o céu esbranquiçado de mais um dia poluído na cidade.

Voltei para a cama, afastei as cobertas e me encostei no corpo de Paula. Acariciei seus cabelos e, quando beijei seu ombro, ela acordou. Apertava os olhos por causa da luz que a porta do banheiro deixava passar.

Que horas são?

Quase seis, eu disse.

Paula se espreguiçou e virou-se na cama para apoiar a cabeça em meu ombro.

Você não dormiu?

Cochilei um pouco, menti.

Fazia tempo que eu não dormia direito, ela sabia. Eu estava à beira de um esgotamento físico e mental. Paula passou os dedos por meu rosto.

Você precisa descansar, Ivan.

A sirene da polícia soou distante, vinda da Marginal. Aos poucos, o ruído aumentou e ficou mais próximo. Tão próximo que tive a impressão de que uma viatura estava entrando no motel. Eu me mexi na cama, alerta. O ruído da sirene demorou a distanciar-se. O trânsito já devia estar lento àquela hora. Tirei uma mecha de cabelo do rosto de Paula.

Me diga uma coisa: o que você acha da ideia de passar uns tempos fora de São Paulo?

Você vai tirar férias?

Ando muito cansado, eu disse, estou pensando em ficar uma temporada longe daqui.

E pra onde você vai?

Ainda não resolvi. Quer vir comigo?

Paula esfregou os olhos. Bocejou.

Depende. Quando é que você pretende viajar?

O mais rápido possível, só preciso acertar uns detalhes na construtora, eu disse — e pensei no meu plano.

Paula levantou-se da cama para pegar a garrafa de água que estava sobre o frigobar. Bebeu um gole demorado no gargalo. Virei-me na cama e apoiei a cabeça numa das mãos. A visão daquele corpo esguio me encheu de alegria.

Tem a faculdade, o meu trabalho, não sei se vou poder faltar agora. Eu tenho que me programar, Ivan.

Lancei a isca:

A gente pode ir pro Nordeste.

Ela me olhou e sorriu.

Tá começando a me interessar...

Eu tinha um almoço marcado com Alaor naquele dia. Meu plano iria ser posto em movimento. Pensar nisso me fez sentir uma contração no estômago.

Paula deitou-se ao meu lado.

Já pensou? As praias devem estar desertas nesta época do ano, ela disse.

Alaor chegou atrasado ao restaurante, reclamando do trânsito. Estava curioso: eu dissera que precisava conversar com ele, mas não havia adiantado o assunto. Assim que ele se sentou à mesa, fui ao ponto:

Eu vou sair da construtora. Quero vender a minha parte.

Alaor ajeitou o guardanapo no colo, espetou uma azeitona com o garfo e colocou na boca. Mastigou devagar, sem desviar os olhos dos meus. Disfarçava, enquanto assimilava o golpe.

Que besteira é essa, Ivan? Agora que estamos começando a ganhar dinheiro, você quer sair?

Não gosto do rumo que as coisas tomaram...

Ele recolheu o caroço da azeitona na mão fechada e deixou cair no cinzeiro.

Pô, Ivan, o mais difícil nós já fizemos. Você vai me abandonar?

Eu só quero sair. Você e a Marina compram a minha parte, eu saio e pronto.

Alaor gesticulou para o garçom. Ele anotou nossos pedidos. Depois que ele se foi, Alaor ainda ficou um tempo em silêncio.

Qual é o problema? É o Anísio?

O Anísio é louco, Alaor. Ele vai acabar botando a gente na cadeia.

Alaor se exaltou.

Vai nada. Ele também tem o rabo preso.

Cansei dessa história, eu disse. Vou sair.

Eu vou dar um jeito no Anísio, deixa comigo. Só preciso de um tempo, porra.

O que você vai fazer?

Ainda não sei, Ivan. Mas pode ter certeza de uma coisa: eu não vou entregar tudo de mão beijada depois do que nós passamos.

Quero sair, Alaor.

Você tá muito estressado, Ivan. Tira umas férias, esfria a cabeça. Depois, você volta. Vou te pedir como amigo: não faça nenhuma bobagem agora.

Eu repeti que iria sair.

Alaor segurou meu braço. Apertou. Falou, rilhando os dentes:

Você não vai sair porra nenhuma. Entramos juntos nisso e vamos ficar juntos até o fim, entendeu?

Puxei meu braço. E esbarrei no copo de água, derrubando-o sobre a mesa. A água respingou na camisa de Alaor. Vi que ele fazia força para manter o controle. Suas mãos tremiam um pouco e ele começara a transpirar. Eu também estava trêmulo.

O mundo começou a desabar ao meu redor.

Uma noite, ao chegar em casa, encontrei a empregada me esperando na cozinha. Ela reclamou que seu salário estava atrasado — era Cecília quem cuidava disso, porém a empregada disse que não se encontrava com ela fazia dias. Estranhei e fui conferir. E descobri que minha mulher tinha saído de casa.

Tive um palpite e liguei para a casa da mãe dela. Cecília atendeu.

Acho que a gente precisa conversar, eu disse.

Ah, você acha, é? Só que agora é um pouco tarde, eu não tenho mais nada pra conversar com você.

Bom, uma hora nós vamos ter que conversar pra resolver o lado prático da coisa...

Resolva do jeito que você achar melhor, ela disse.

Fiquei em silêncio por alguns segundos. Mais de quinze anos da minha vida iriam terminar naquele telefonema. Melhor assim, pensei. Era mais higiênico.

Eu estou passando por um momento difícil, Cecília...

Ela riu.

E eu? Faz anos que eu passo por momentos difíceis e você nunca deu a menor bola. Quer saber? Eu já devia ter feito isso há muito tempo.

No fundo, eu me sentia aliviado que estivesse acontecendo daquela maneira. Era cômodo para mim.

É definitivo?

É, sim, Ivan. Agora você pode trepar à vontade com suas vagabundas.

Eu me lembrei de Paula. Fazia quase um mês que estávamos juntos.

Você está enganada, Cecília, eu...

Não precisa mais mentir, Ivan. Você agora está livre de mim.

O sarcasmo se misturava ao rancor na voz de minha mulher. Pensei num monte de coisas que eu poderia falar naquele momento. Escolhi a pior:

Você tem outro?

Ah, vá se foder, Ivan, ela disse.

E bateu o telefone.

Vi a notícia no jornal por acaso.

Um empresário do setor de material de construção havia morrido num assalto. A polícia encontrara seu carro abandonado na periferia — o cadáver do empresário estava no porta-malas. Dois tiros.

Achei a notícia curiosa. E incompleta: não mencionava as outras atividades do morto, que, além de empresário, era um conhecido agiota. Eu e Alaor devíamos um bom dinheiro para ele.

Não podia ser coincidência.

Fui até a sala de Alaor.

Você viu isso?

Ele pegou o jornal e leu. A notícia não produziu nenhuma emoção em seu rosto.

Vi. E daí?

Eu me curvei e apoiei as mãos na borda da mesa. Fiquei cara a cara com Alaor.

A gente devendo uma puta grana pra esse cara e ele morre desse jeito. Não é estranho?

Ele franziu a testa.

O que você está querendo dizer?

Você teve alguma coisa a ver com isso? Você está usando o Anísio pra resolver os nossos problemas?

Deu para sentir a onda de irritação percorrendo o corpo de Alaor, feito uma corrente elétrica. Ele se levantou da mesa e me agarrou pela camisa.

Escuta aqui, seu bosta. O que você está pensando que eu sou?

Tentei me livrar, mas Alaor era bem mais forte do que eu.

Quem vai ser o próximo?, gritei. Eu?

Alaor me empurrou, arrancando um botão da minha camisa.

Você tá doente, Ivan, precisa se tratar.

Meu corpo inteiro tremia. Eu estava ofegante.

Vou sair da construtora, Alaor.

Ele se sentou novamente, dobrou o jornal e jogou no cesto de lixo.

Por que você não sai de férias e para de me encher o saco?

Vou sair de uma vez, eu disse.

Alaor suspirou, aborrecido. Então me olhou, sério.

Às vezes, eu acho que você não compreendeu direito o que nós dois fizemos, Ivan.

Eu nunca deveria ter topado...

Mas topou e agora não tem volta. Estou falando sério, Ivan: você não vai pular fora.

12

O corredor fedia a urina de gato. A chuva que caíra durante boa parte do dia dera lugar a um vento gelado. Edésio, o negro corpulento que caminhava à minha frente, trabalhava como segurança do bar que eu frequentava. Nas horas vagas, fazia bico como taxista de frota.

Ele parou diante de uma das portas do cortiço e tirou um molho de chaves do bolso.

É aqui, doutor.

De uma outra porta no corredor chegou o som de vozes. Uma discussão entre um homem e uma mulher. Um cachorro latiu. Edésio abriu a porta e entramos.

Fique à vontade, ele disse. Já volto.

E passou para outro cômodo, afastando o lençol que servia de cortina.

A sala era pequena e abafada, tinha uma mesa e quatro cadeiras de fórmica no centro, uma televisão num dos cantos e um sofá ordinário em outro. Ao lado do sofá, havia uma pilha de caixas de papelão. E, na parede, um quadro: a foto de uma dupla sertaneja.

O rosto de um menino surgiu por uma fresta do lençol-cortina. Me olhou de um jeito tímido. Tinha feições bonitas, apesar de um leve estrabismo.

Tudo bem?, eu perguntei.

Edésio reapareceu atrás do menino.

Fala oi pro moço, Lucas.

O menino não disse nada. Vestia um pijama com estampas geométricas e estava descalço. Vi que Edésio carregava uma caixa de sapatos.

Volta pra cama, Lucas.

Ao ouvir a voz da mulher, o menino obedeceu de imediato e sumiu atrás do lençol. Edésio colocou a caixa sobre a mesa. E me entregou o revólver, segurando-o pelo cano.

Cuidado, tá carregado.

Pensei no menino e tive vontade de perguntar se Edésio não via perigo em manter uma arma carregada em casa. Era um revólver clandestino. Um trinta e oito niquelado, com o número de série raspado. A primeira arma que eu segurava na vida.

Novinho em folha, doutor.

Coloquei-o na cintura e cobri com o blusão. Percebi que iria me incomodar quando me movimentasse.

É o tipo mais comum que tem por aí, Edésio explicou. O mais usado, nunca falha quando você precisa.

Olhei para ele.

Tô comprando pra me proteger.

Edésio levantou as mãos, como se dissesse que aquilo não era assunto dele.

O senhor faz bem, a cidade tá muito perigosa. Eu mesmo já fui assaltado três vezes no táxi.

Paguei e saí, aliviado. A sala abafada estava me deixando zonzo.

No corredor, pude acompanhar mais um round da discussão entre o homem e a mulher que vazava de uma das portas. Passei no momento em que ela chamou o cara de vagabundo. Ouvi o som do tapa e o grito da mulher. Um palavrão.

Pensei em Cecília. Ela ainda era jovem e bonita, poderia começar uma vida nova se quisesse. Eu iria fazer isso em breve.

Na rua, ao lado do cortiço, existia um boteco com mesas de metal na calçada. Os dois homens que bebiam cerveja numa delas me olharam com interesse. Sustentei o olhar e pensei no revólver que me apertava a cintura da calça. Mas isso não fez com que eu me sentisse mais seguro.

Anísio me aguardava na entrada do estacionamento da construtora. Fazia frio e garoava. Ele usava um blusão escuro, calça de grife e sapatos novos. Parecia pouco à vontade enfiado naqueles trajes.

Vou fazer um churrasco no sábado, ele disse. Quero que você vá.

Continuei andando enquanto falava:

Não sei se vai dar, tenho umas coisas pra resolver no sábado.

Anísio pôs a mão enorme no meu ombro, me deteve. Gotas minúsculas da garoa se acumulavam em seu cabelo, que estava mais curto, com um corte moderno.

É meu aniversário, Ivan. Faço questão que você vá.

Vou fazer força.

Ele manteve a mão em meu ombro. Uma onda perfumada se desprendeu de seu corpo e chegou às minhas narinas. Um perfume agradável.

O Alaor já confirmou. Você não vai me fazer essa desfeita, vai?

Já falei: vou fazer o possível. Mas não prometo nada.

A chuva aumentou, porém Anísio não se mexeu. Me olhava de um jeito estranho.

Você não gosta mesmo de mim, não é, Ivan?

Vamos sair da chuva?

Ele tirou a mão de meu ombro. Disse:

Outro dia, eu tive uma longa conversa com o Alaor. Ele tá muito preocupado com você.

Um motoboy vestido com um macacão impermeável estacionou perto de onde estávamos. Anísio deu uma olhada rápida para ele e depois concentrou outra vez a atenção em meu rosto.

O que está acontecendo, Ivan?

Isso não é da sua conta.

Eu ia me afastar, mas Anísio me reteve pelo braço.

É da minha conta, sim.

Anísio esperou um pouco antes de continuar falando. O motoboy retirou um envelope do baú da motocicleta e passou por nós, a caminho da recepção da construtora.

A Marina me deu carta branca pra acompanhar os negócios pra ela aqui na empresa. E é isso que eu estou fazendo: se um sócio dela está criando algum problema, eu tenho que tentar resolver, você não acha?

A chuva começava a encharcar minhas roupas. Pensei em perguntar o que Anísio achava que aconteceria se Marina descobrisse a verdade sobre a morte dos pais, mas faltou coragem.

Eu não estou criando problema nenhum.

Não foi o que o Alaor disse. Ele me contou que você está querendo cair fora.

Saber que Alaor andava comentando nossos problemas com Anísio me deixou irritado. Com um puxão, liberei meu braço e caminhei para a recepção. Anísio permaneceu parado na chuva. Gritou:

Não vá esquecer do churrasco no sábado, hein?

Quando entrei, Márcia avisou que o motoboy trouxera contratos que eu precisava assinar. Peguei o envelope e me tranquei em minha sala.

Alaor não confiava em mim, era evidente. Ele e Anísio iam acabar se aliando. O barco estava afundando. E eu tinha de agir com rapidez se quisesse desembarcar a tempo.

Comecei a pensar num plano alternativo enquanto assinava os contratos. E então resolvi comprar um revólver.

Paula saiu da banheira, pegou uma toalha e curvou o corpo para enxugar os cabelos.

Meus dedos estão ficando enrugados, ela disse.

Eu permaneci imerso na água morna, admirando-a. A bunda mais bonita que vi na minha vida. Os pelos de seu púbis tinham o mesmo tom avermelhado de seus cabelos; os bicos dos seios eram pequenos, rosados. Paula abriu uma clareira no espelho embaçado e notou que eu a observava. Sorriu.

Você quer morar comigo?, perguntei.

Ela envolveu os cabelos com a toalha e sentou-se na borda da banheira. Vi que meu rosto de barba mal escanhoada havia deixado marcas em sua pele.

O relacionamento mais longo de Paula, com um colega de escola, durara oito meses. De acordo com ela, o rapaz entrou em crise quando sentiu que a coisa estava ficando séria. Paula dizia que tinha um fraco por homens problemáticos.

Eu me separei da Cecília.

A notícia franziu a testa de Paula.

Eu não queria que isso acontecesse por minha causa.

Coloquei minha mão sobre a dela.

Não foi por sua causa, ia acabar a qualquer momento. Eu vou embora de São Paulo, quero mudar de vida.

Assim, de repente?

Faz tempo que estou pensando nisso, e acho que chegou a hora...

Mas você vai largar tudo? E a construtora?

Estou vendendo a minha parte. Não tem mais nada que me prenda em São Paulo. Quero começar uma vida nova bem longe daqui. Você vem comigo?

O rosto de Paula se tornou afogueado, como acontecia quando ela ficava excitada.

Eu não posso largar tudo assim, Ivan, de uma hora pra outra.

Pode, sim, Paula. É só querer.

Eu a puxei para dentro da banheira e a beijei. A toalha se desprendeu de sua cabeça e caiu na água. Ficamos abraçados por um tempo. Paula suspirou. E disse:

Eu preciso de um tempo, Ivan. Essa é uma decisão séria.

Eu sei que é. Só que eu não tenho muito tempo.

Ela olhou para o meu rosto.

Está acontecendo alguma coisa?

Não. Mas o meu tempo é curto.

Paula livrou-se do abraço e girou o corpo para encostar-se no lado oposto da banheira. Ficou de frente para mim, séria.

Por que essa pressa toda?

Não dá pra explicar agora, Paula, é uma história complicada.

Eu quero saber o que está acontecendo.

Um dia eu vou te contar tudo, mas não agora.

O ar do banheiro estava denso, impregnado pela fragrância de pinho que a água exalava. Paula se inclinou e segurou meu rosto entre as mãos.

Qual é o problema, Ivan? Acho que eu tenho o direito de saber, não tenho?

Eu te conto tudo assim que a gente estiver longe daqui, eu prometo.

Ela ainda olhou para o meu rosto por mais alguns segundos antes de levantar-se e sair da banheira.

O que eu quero saber é se você vai embora comigo, falei.

Não sei, Ivan. Eu preciso de um tempo pra pensar.

Paula enrolou uma toalha no corpo e usou os dedos para friccionar com vigor os cabelos ruivos. Depois me olhou com uma expressão intrigada e saiu do banheiro.

Eu sabia que jamais contaria a verdade a ela. Temia perdê-la. Longe de São Paulo, eu teria tempo de sobra para inventar uma história que a convencesse.

Ouvi o barulho do metal se chocando contra o carpete do quarto bem no instante em que me levantava na banheira. Quando cheguei à porta, Paula estava em pé ao lado da cama, ainda enrolada na toalha. Segurava minhas roupas e olhava fixamente para o objeto caído no chão à sua frente. O trinta e oito que eu comprara horas antes.

O que é isso, Ivan?

Entrei no quarto e peguei o revólver.

É pra me proteger, Paula.

Proteger do quê? Tem alguém te ameaçando?

Me senti ridículo por estar nu e com a arma na mão diante dela.

Já falei, Paula, não dá pra explicar agora.

Eu não vou pra lugar nenhum se você estiver com essa arma.

Olhei para o revólver e o coloquei sobre a mesa.

Eu só preciso dele enquanto estiver por aqui. Depois eu jogo fora, juro.

Você fez alguma coisa errada, Ivan?

Confie em mim, Paula. Você vai entender tudo na hora certa.

Tem certeza de que você não quer me contar o que está acontecendo?

Estendi a mão na direção de seu rosto, mas ela recuou. Estava assustada.

Eu voltei ao banheiro e peguei uma toalha para me enxugar. Quando retornei ao quarto, Paula, já vestida de calcinha e sutiã, escovava os cabelos diante do espelho. Eu me aproximei e abracei seu corpo por trás.

Vamos embora daqui. Eu dou minha palavra que depois te explico tudo.

Ela olhou para o meu rosto no espelho.

Para onde a gente vai?

13

Um avião passou voando baixo no céu sem nuvens e se inclinou na direção de Congonhas. A tarde chegava ao fim, uma tarde poluída, que o pôr do sol deixava violeta. Um casal de adolescentes subiu a rua de mãos dadas. O rapaz tinha os cabelos longos e vestia apenas uma bermuda folgada de surfista. O jeans justo e a camiseta curta que a garota usava mostravam que ela estava um tanto acima do peso. Ainda assim, era sensual.

Olhei para o outro lado da rua. Fazia horas que eu estava ali, de tocaia. O edifício que eu vigiava não tinha porteiro. E nenhum morador havia entrado ou saído desde a minha chegada.

Vi, no retrovisor, a viatura policial surgir na rua. Lembrei do revólver no porta-luvas. Pensei: não é possível que uma cagada dessas aconteça justo agora.

A viatura rodava devagar e, quando passou ao meu lado, o policial que ia ao volante e seu companheiro tiveram tempo de me examinar com atenção. Eu nem respirava. Nossos olhares se cruzaram e o policial que dirigia moveu a cabeça, num cumprimento. Retribuí. Só então respirei.

Um homem de bem, devem ter pensado. E eu era. Um homem de bem que havia feito uma grande besteira. E que iria consertar as coisas fazendo mais uma.

A viatura sumiu na esquina. A luz diminuiu mais um pouco. O trinado longo de uma cigarra partiu de uma das árvores da rua.

Não tinha volta, eu sabia. Tentei imaginar qual seria a reação de Alaor e não consegui.

Os adolescentes reapareceram. Caminhavam abraçados, ele carregando uma sacola com pão e leite. Pareciam felizes, livres, como se nada no mundo pudesse ameaçá-los naquele momento. Quando passaram, notei que a garota estava grávida. Ela percebeu que eu a observava e sorriu com simpatia.

Em minha vida nova, eu poderia até mesmo pensar em filhos.

Um casal de velhos entrou na alameda ajardinada que conduzia ao hall do edifício. O homem se apoiava na mulher e caminhava com dificuldade. Saí do carro e atravessei a rua.

O que Alaor faria? Chamaria a polícia? Isso ele não iria fazer, eu sabia. Era um dos meus trunfos.

Digitei a senha e esperei. Não demorou e o internet banking exibiu a confirmação: a primeira parcela dos contratos de Brasília fora creditada na conta da construtora naquele dia. Uma bolada considerável, o suficiente para um casal recomeçar a vida em qualquer lugar, sem apertos financeiros.

Talvez Alaor pusesse Anísio no meu encalço. Não. Ele também não poderia fazer isso. E, mesmo se fizesse, nunca me encontrariam.

Preenchi com cuidado o documento na tela do computador e confirmei a senha.

Eu tinha mais um trunfo: o tempo. Alaor demoraria alguns dias para perceber o que havia acontecido. E, quando descobrisse o desfalque, eu e Paula já estaríamos bem longe.

A mensagem na tela informou que a operação de transferência fora realizada com sucesso. Desliguei o computador e tentei mais uma vez um contato com o celular de Paula. Ouvi a mensagem da operadora: o telefone continuava desligado. Não pude deixar um novo recado, a caixa postal estava cheia.

Consultei o relógio: quase quatro da tarde de sexta-feira. Meu último dia em São Paulo. Às sete, eu passaria pela casa de Paula e iríamos embora. Um ponto final no pesadelo em que minha vida se transformara.

Eu me levantei e caminhei pela sala, como se me despedisse dela. Tinha vivido mais de vinte anos da minha vida naquele lugar. Conhecia até o cheiro do ambiente.

Lembrei dos nossos primeiros tempos ali. Estevão, Alaor e eu. Três caras cheios de planos e sonhos. Éramos amigos, a vida se abria à nossa frente. Olhei as paredes da sala, os móveis, o carpete de cor escura que, numa tonalidade mais clara, desgastada, exibia uma trilha que conduzia da porta à minha mesa.

Parei diante da cena parisiense registrada por Cartier-Bresson. Eu estava emocionado. Toquei o quadro: Paris era um bom lugar para refrescar a cabeça enquanto eu decidia que rumo daria à minha vida.

Pelo janelão era possível enxergar uma parte do estacionamento da construtora. Afastei a persiana e espiei. Anísio estava lá, de braços cruzados, encostado no meu carro. Atraído talvez pelo movimento da persiana, ele olhou em minha direção. Eu recuei na hora. E senti meu coração acelerar.

Quando olhei outra vez, Anísio continuava no mesmo lugar, de cabeça baixa, pensativo. Respirei fundo, peguei minha pasta e saí da sala. Preso ao cinto, eu levava o trinta e oito.

Anísio se afastou do carro para que eu pudesse entrar. Me observava com um princípio de sorriso nos lábios.

Encerrando o expediente mais cedo?

Não respondi. Anísio se agachou e apoiou as mãos na janela. Liguei o motor.

Você não esqueceu do churrasco de amanhã, né?

Não, não esqueci.

Anísio riu.

Você não vai aparecer, Ivan. Sabe como eu sei disso?

O Rolex em seu pulso esquerdo chamou minha atenção. Estevão tinha um relógio muito parecido.

É simples: você não perguntou onde é que vai ser o churrasco.

Tá certo, eu disse. Onde vai ser?

Na casa da Marina, lá tem mais espaço. Eu vou levar uns amigos que quero que você conheça.

Soltei o freio de mão.

A gente se vê lá então. Até amanhã.

A frase que Anísio disse quando se levantou teve o impacto de um soco em meu estômago:

Leva a ruivinha com você.

Da janela do sobrado, eu tinha um bom ângulo de visão da rua. Espiei diversas vezes enquanto colocava minhas roupas na mala. Anísio não ia me pegar de surpresa.

O filho da puta devia estar me seguindo fazia tempo. E, por minha causa, Paula também corria perigo. Eu havia tentado falar com ela durante todo o dia. Sem sucesso: nenhum de seus telefones respondia. Aquilo me preocupava.

Um caminhão de gás passou lentamente pela rua. Os alto-falantes distorciam a música, tornando-a ainda mais monótona.

Olhei o relógio: quase cinco e meia. Em pouco tempo, estaria livre de tudo aquilo. Eu não ficaria para descobrir o que Anísio planejava fazer.

Fechei o zíper da mala e desci a escada apressado. Faltava muito pouco. Foi nesse momento que ouvi o barulho na porta da cozinha.

Eu estava sozinho em casa, tinha demitido a empregada dois dias antes. Depositei a mala no chão e peguei o revólver.

O ruído se repetiu. Engatilhei a arma e caminhei na direção da cozinha, pisando com cuidado. Só conseguiriam me deter se me matassem.

Havia um embrulho sobre a mesa, que eu não me lembrava de ter visto na última vez que entrara na cozinha. A porta que dava para o quintal estava entreaberta. Um facho de sol penetrava pela abertura e seu reflexo se esparramava no alumínio da pia.

Avancei pela cozinha com o revólver erguido à frente do corpo. A geladeira trocou de marcha e eu estremeci. O barulho de algo sendo arrastado veio do quintal.

Puxei a porta e olhei.

Cecília estava ajoelhada ao lado de uma fileira de vasos de cerâmica, colocando água em suas plantas.

Ela se voltou na hora. E se assustou quando me viu. A vasilha com água caiu de suas mãos.

Vestia uma bermuda jeans puída nos fundilhos, uma camiseta surrada e estava descalça. Permaneceu com as mãos paradas no ar e com a boca um pouco aberta.

Eu ainda sentia o coração batendo nas têmporas. E demorei para compreender que era a arma em minha mão que a assustava. Li nos olhos dela o medo de que eu estivesse ali para matá-la. Baixei o revólver.

Cecília se ergueu, enxugando as mãos na camiseta. Disse:

Passei para olhar minhas plantas. Elas estão morrendo por falta de água.

Eu virei as costas e voltei para a sala. Cecília veio atrás. E viu a mala ao pé da escada.

Você vai viajar?

Vou, eu disse.

Ela encostou o corpo no batente da porta.

O que nós vamos fazer com esta casa, Ivan?

Pode ficar com ela. Eu estou indo embora.

Prendi o revólver no cinto e ergui a mala.

Pra que essa arma?

Desculpe, Cecília, mas não dá pra conversar agora.

Você está fugindo de alguma coisa?

Me desculpe. Estou com um pouco de pressa.

Abri a porta e olhei pela última vez para seu rosto. Fios de cabelo tinham escapado da presilha que ela usava e estavam grudados pelo suor em sua testa.

Você fez alguma coisa errada, Ivan?

Saí sem responder.

Assim que a velha abriu o portão, eu o segurei para que ela e o velho entrassem no edifício. A velha agradeceu com um sorriso simpático. Depois, pegou outra vez no braço do homem para ajudá-lo a se locomover. Ele tinha a boca repuxada e andava devagar, arrastando um pouco a perna esquerda.

Entramos juntos no elevador — iam para o sétimo andar e eu, até o quinto. O velho me olhou e resmungou algo que não entendi. A mulher o repreendeu. E então me falou:

Ele pensa que você é meu amante.

Por trás das lentes esverdeadas dos óculos, seus olhos pareciam ampliados, desproporcionais naquele rosto enrugado e manchado.

Não queira ficar velho, meu filho, ela disse. É uma desgraça.

No quinto andar, saí num pequeno hall, com um apartamento de cada lado do elevador. Parei em frente ao 58 e toquei várias vezes a campainha. Não esperava ser atendido.

Sentei-me ao lado da porta de serviço do apartamento. Não sabia o que fazer. Talvez Paula tivesse mudado de ideia e desistido de partir comigo. Não. Na manhã daquele dia, quando nos despedimos, estava tudo acertado. Ela me esperaria às sete, de malas prontas.

Ou talvez Paula estivesse assustada demais com o revólver.

Pensar na arma fez com que eu me lembrasse de Anísio. Por que ele mencionara Paula?

A ideia era tão sinistra que eu me levantei na hora, atingido por uma descarga de puro pavor. Desconfiado de que eu iria aprontar alguma coisa, Anísio visitara o apartamento de Paula — e a surpreendera se preparando para partir. Ela estava lá dentro. Eu me arrepiei. Morta.

Liguei mais uma vez para seu celular. Nada. Continuava desligado.

Examinei a fechadura da porta de serviço. A marca era ordinária, eu conhecia bem. Material de segunda. Apoiei todo o peso do meu corpo sobre ela e forcei. No segundo empurrão, a porta cedeu.

Passei pela cozinha — restos de um café da manhã sobre a mesa — e cheguei à sala. Havia almofadas espalhadas pelos cantos, uma única poltrona e uma mesa pequena, que apoiava uma televisão e o telefone. A luz vermelha piscava na secretária eletrônica.

Na parede, espetadas numa cortiça, fotos de Paula com amigos. Numa das fotos, ela sorria abraçada a um grupo de garotas, com o mar ao fundo. Estavam todas de biquíni e eram muito bonitas. Eu não conhecia nenhuma delas.

A porta aberta de um dos quartos mostrava uma cama desarrumada, um guarda-roupa embutido e uma penteadeira tomada por vidros de perfumes e potes de creme. Abri a porta do outro quarto: um aparelho de som portátil, colocado diretamente no chão, ao lado de uma pilha de revistas, fazia companhia a uma bicicleta de ginástica.

No banheiro, a luz estava queimada. Afastei a cortina de plástico para examinar o box e descobri uma calcinha de Paula pendurada na torneira.

Tive um pressentimento e voltei à cozinha. E, antes de abrir a porta que conduzia à área de serviço, respirei fundo. Achei que sabia o que iria encontrar. Mas tudo que vi foi um varal carregado de roupas. E um quarto de empregada acanhado e escuro. E vazio.

Conferi o relógio: passava das oito da noite. Eu precisava tomar uma decisão com urgência. Se Paula não desse notícia, eu iria embora sozinho. Não havia como cancelar.

Abri a geladeira e encontrei uma garrafa de água, latas de cerveja e refrigerante, iogurtes diet, um pão de forma e algumas frutas. Peguei uma cerveja e, na hora em que fechei a geladeira, vi a conta do celular de Paula presa à porta por um ímã.

Um número de telefone aparecia repetidas vezes na conta. E eu conhecia de cor aquele número que Paula chamava com tanta frequência. O celular de Alaor.

É difícil descrever o que senti na hora. Uma lassidão muito grande se apoderou de meu corpo e entrei numa espécie de transe. Nada daquilo parecia real.

No fundo, eu não queria acreditar. Vasculhei o apartamento atrás de evidências, torcendo para não encontrá-las. Mas elas surgiram.

Numa das gavetas do guarda-roupa, oculto sob as lingeries, descobri um conjunto de fotos. Em todas elas, Paula aparecia seminua, em poses provocantes. As fotos eram boas, em tamanho grande, feitas em estúdio. Perfeitas para uso no catálogo de algum puteiro. Paula era uma das prostitutas de Alaor.

Desde o começo, ele não confiava em mim. Por isso, colocou Paula por perto, para monitorar meus movimentos. Alaor já devia saber que eu pretendia cair fora naquela noite.

Antes de deixar o apartamento, olhei a luz da secretária eletrônica e resolvi ouvir os recados.

Havia cinco mensagens gravadas — as três primeiras eram minhas. Na quarta mensagem, uma amiga pedia que Paula entrasse em contato, tinhas boas novidades para contar. A quinta mensagem era de Alaor.

Ele dizia que havia recebido o recado de Paula e que iria tomar providências. Recomendava que ela saísse de circulação de imediato. E concluía dizendo que ela não precisava se preocupar: ele cuidaria de tudo.

De acordo com o aparelho, a mensagem fora gravada dois minutos antes da seis da tarde.

Olhei para o relógio: passava das nove. Àquela hora, Anísio

devia estar me caçando pela cidade. Pensar nisso não me provocou nenhuma reação. Eu estava anestesiado, não sentia nada.

Só queria chegar até o carro e pegar a arma no porta-luvas. Eu iria matar Alaor. E, se entrasse em meu caminho, Anísio também morreria.

Eu não tinha mais nada a perder.

Um homem diante de um deserto pode, ao menos, caminhar em qualquer direção.

14

Rodei sem rumo pela cidade durante horas, com o trinta e oito no assento ao meu lado. Começou a chover forte e, em vários momentos, fiquei preso em trechos de congestionamento. Isso não me incomodou: minha pressa tinha acabado. Sentia uma calma estranha, um embotamento dos sentidos. Só queria encontrar Alaor — antes que Anísio me achasse.

No prédio de Alaor, o porteiro me informou que ele havia saído pela manhã e ainda não retornara. A mulher e os filhos dele, o porteiro disse, tinham viajado. Continuei circulando.

Em Pinheiros, demorei para localizar o que procurava — as ruas eram muito parecidas. Estava quase desistindo quando reconheci o conjunto de sobrados geminados.

Abri o portão, atravessei o jardim e toquei a campainha. Enquanto esperava, olhei para o alto e notei a câmera semioculta pela vegetação, que se enredava na fachada do sobrado. O rosto da mulher surgiu na porta entreaberta.

Estou procurando o Alaor, eu disse.

Ele não vem pra cá hoje.

Inclinei a cabeça para olhar a sala por cima do ombro da mulher. Vi, de relance, uma das meninas passando. A mulher franziu a testa e então sorriu. Tinha me reconhecido. Ela abriu a porta para que eu passasse.

Entre. Eu vou lhe apresentar as meninas que estão na casa hoje.

Na sala, dois sujeitos engravatados bebiam uísque sentados no sofá com duas loiras. Uma delas era Mirna. Ela estava sentada no colo de um dos sujeitos e sorriu para mim. Os homens me olharam, trocaram um comentário rápido e depois riram. A mulher tocou meu braço.

Você tem alguma preferência especial?

E indicou as duas garotas que conversavam perto da escada. Uma oriental e uma mulata, que devia ser uns dois palmos mais alta do que eu.

Cadê o Alaor?

O tom de minha voz fez o sorriso sumir do rosto da mulher.

Já falei: ele não está aqui.

Olhei para o corredor que levava às outras dependências do térreo. Nesse momento, Mirna e a outra garota se levantaram do sofá e conduziram os dois engravatados rumo à escada. Quando passaram ao meu lado, aproveitei para avançar em direção ao corredor. Ouvi a voz da mulher às minhas costas:

Ei, você não pode entrar aí...

O corredor terminava numa porta entalhada. Uma plaqueta de metal informava: proibida a entrada. Forcei a maçaneta e depois chutei a porta com violência. Meu pé doeu.

Não tive a chance de desferir um segundo chute, porque um dos seguranças me agarrou por trás. Ele apertou meu pescoço e torceu meu punho. Era tão forte que me levantou do chão com facilidade.

Antes que ele me carregasse pelo corredor, ainda consegui ver a porta se abrir e surgir o rosto de um homem. Tinha cabelos e bigode grisalhos, era baixo e gordo.

Tudo bem, doutor Norberto, ele está sob controle, o segurança disse.

E me arrastou até a porta da rua. Ao passarmos pela sala, a mulata e a oriental me olharam, assustadas. Eu não conseguia respirar, ia desmaiar a qualquer instante.

Fui empurrado para fora. E, quando toquei o chão com o pé direito, a dor foi tão aguda que perdi o equilíbrio e caí sobre uma poça de água. Permaneci sentado por algum tempo, ofegante. O segurança riu. Apalpei o revólver e olhei para ele: estava de braços cruzados, bloqueando o portão do sobrado. Achei que não valia a pena e me levantei e caminhei até o carro. Mancando muito.

Tinha quebrado o pé.

Resolvi retornar ao prédio em que Alaor morava, disposto a esperá-lo pelo tempo que fosse necessário. Uma hora ele teria de voltar para casa.

Eu dirigia com dificuldade. Sentia uma dor horrível no pé, que já estava inchado. Era um suplício cada vez que precisava usar o freio.

Então cruzei uma via preferencial. E não vi a camionete a tempo.

O impacto na parte dianteira foi tão forte que meu carro rodou e ficou atravessado na rua. A pancada em meu pé serviu para piorar ainda mais a dor.

Dois garotões saltaram da camionete para examinar os estragos. Meu carro levara a pior.

Olha a cagada que você fez, tio.

Ambos eram grandes, musculosos, gente de academia. Desci do carro me apoiando na porta. Quase caí.

Ih, olha só: o tiozinho tá bebum.

Passei a mão na testa e vi sangue na ponta dos dedos. Por causa da dor no pé, eu nem sentira a pancada na cabeça.

Vão embora. Não aconteceu nada com o carro de vocês.

Os dois garotões chegaram mais perto e se entreolharam.

Esse cara é muito folgado, um deles disse.

Foi instintivo. Quando vi, segurava o revólver apontado para os dois. Eles recuaram.

Valente, hein? Queria ver sem essa merda na mão.

Eu não disse nada. Apenas mantive a arma apontada para os dois. Eles me estudaram por um tempo e depois resolveram voltar para a camionete. O garotão do volante me encarou com ódio e disse que a gente voltaria a se encontrar. Daí saiu em velocidade.

Examinei os danos em meu carro e descobri que não conseguiria tirá-lo dali — a batida havia entortado a roda dianteira. Só me restava andar. E tive de me apoiar na parede para fazer isso. A dor no pé se tornara insuportável.

Eu não tinha uma ideia precisa de onde me encontrava. Sabia apenas que estava no Alto de Pinheiros. O jeito foi capengar por ruas escuras e desertas, em que predominavam casarões protegidos por muros altos. Caía uma garoa que, aos poucos, ia me deixando encharcado. Até que cheguei a uma avenida e parei para descansar, apoiado num poste.

Eu me sentia esgotado e não sabia ao certo o que fazer. A única certeza que eu tinha era de que ainda não desistira de pegar Alaor.

Então um táxi apareceu.

Contei toda a história.

O homem ouviu sem tomar notas ou fazer qualquer comentário. Ele tinha olheiras escuras e o cabelo engomado. Estávamos em sua sala e a placa sobre a mesa informava que ele era o escrivão de plantão no distrito policial.

Não cheguei a concluir meu relato. Ele me interrompeu a certa altura e saiu da sala por um instante.

Eu havia tirado o sapato e mantinha a perna direita esticada sobre uma cadeira. O inchaço deformara meu pé.

O escrivão voltou acompanhado por um investigador e pediu que eu repetisse a história, desde o início. Falei novamente de Estevão, Alaor, Anísio e Paula. Eu sabia que estava fodido. A casa iria cair para todo mundo.

Os dois policiais ouviram meu relato em silêncio, me olhando de um jeito estranho. Tive a impressão de que não me levavam a sério. Talvez pensassem que aquilo tudo não passava de um delírio, narrado por um desequilibrado com sangue coagulado na testa.

Quando terminei, o escrivão se levantou, esfregou o rosto e olhou para seu companheiro:

Acho melhor chamar o delegado.

15

Aos poucos, o sábado começava a clarear. A chuva cessara por completo e o ar parecia mais limpo, lavado. Dava para prever que seria outro dia de muito calor. Nas ruas, o movimento de carros ainda era pequeno.

A viatura dobrou uma esquina e o investigador disse um palavrão ao ver as barracas coloridas da feira livre. Não havia como passar e ele teve de sair de ré.

Eu não sentia meu pé direito. Na verdade, eu não sentia mais nada. Estava esgotado, vazio.

Havia dois carros estacionados em frente à casa de Estevão, um deles recoberto pelo orvalho. Eu o reconheci: era o carro de Alaor. A viatura parou ao lado do outro veículo, que ainda mantinha os faróis ligados, apesar da claridade que aumentava.

O homem saiu do carro, passou a mão pelos cabelos grisalhos e me olhou com cara de aborrecido. Era a mesma expressão que ele tinha no rosto momentos antes, quando chegou ao distrito policial. Ao vê-lo entrar na sala, compreendi na hora o que iria acontecer.

Ele ergueu a cintura da calça e olhou para os dois lados da rua, impaciente. Norberto. O delegado Norberto.

O portão da casa de Estevão se abriu e Anísio e Alaor saíram. Norberto indicou a parte traseira da viatura, onde eu estava algemado.

Olha só o que vocês me aprontaram.

Alaor baixou a cabeça, evitou olhar para mim. Anísio me encarou. Tinha um ar de vitória no rosto.

Agora é com vocês, Norberto disse. Eu já fiz tudo que podia fazer.

Ele entrou no carro e deu a partida. E, antes de sair, falou para Alaor e Anísio:

Resolvam essa merda de uma vez por todas. Se não tivesse gente minha no plantão, vocês estavam fodidos. O cara deu o serviço completo.

Pássaros cantavam nas árvores da rua. Fechei os olhos e pensei em um monte de coisas naquele momento. Pensei em Estevão. Em Alaor. Em Cecília. E em minha mãe. Pensei também em Paula, com um misto de ódio e saudade. Se pudesse pedir algo naquele instante, eu desejaria revê-la por mais um minuto. Não sei o que faria. Provavelmente nada.

O investigador ligou o motor da viatura. Eu abri os olhos.

Marçal Aquino nasceu em Amparo, no interior paulista, em 1958. Publicou, entre outros livros, os volumes de contos *O amor e outros objetos pontiagudos* (1999), pelo qual recebeu o prêmio Jabuti, *Faroestes* (2001) e *Famílias terrivelmente felizes* (2003), além da novela *Cabeça a prêmio* (2003) e do romance *Eu receberia as piores notícias dos seus lindos lábios* (2005). Atuou como roteirista dos filmes *Os matadores*, *Ação entre amigos*, *O invasor*, *Nina*, *Crime delicado* e *O cheiro do ralo*.

ESTA OBRA FOI COMPOSTA POR OSMANE GARCIA FILHO EM WARNOC
E IMPRESSA PELA PROL EDITORA GRÁFICA EM OFSETE SOBRE
PAPEL PÓLEN SOFT DA SUZANO PAPEL E CELULOSE PARA
A EDITORA SCHWARCZ EM MARÇO DE 2011